Joyas de la Revolución
Primera Parte

By A M Montes de Oca
Traducido por Maria Moody

Reworkd Press
Charlotte, 2013

First published by The Reworkd Press, October 2013
Copyright 2013 by Amanda Moody Montes de Oca

All rights reserved under International and Pan-American Copyright Convention.
Published in the United States by The Reworkd Press.

Cover design by Lisa Shapiro, Kitty Van Oosten and Amanda Stanford

Moody Montes de Oca, Amanda
Souvenirs of the Revolution/Amanda Moody Montes de Oca – The Reworkd Press,
Charlotte, NC, USA.

1 Mexican-Americans – Fiction 2. Mexican-American Diaspora – Fiction 3. Women –
Mexico – Fiction 4. History – Mexico- Fiction

ISBN 987-0-9889220-3-7

Manufactured in the United States of America

Para mi hija

En el rincón más alejado de Coyoacán y adentro de la inmensa mansión que quedaba en Benito Juarez esquina con Melchor Ocampo, había una puerta que lucía con orgullo el emblema de pasadas generaciones nobles. El susodicho escudo tenía osos paráandose al los lados de un árbol. Ahí en su aposento y tirada en la cama, la moribunda Mariabella Montelejos estaba. La casa se veía como ella la dejó antes de enfermarse. Ella era viuda y guardaba celosamente las pertenencias del "Patrón", muerto en su setenta y tres año, y nadie se atrevió a tocarselos, ni acomodarloselos, sino que fueron dejados tal cual su marido los dejó cuando falleció. Mariabella creía que los objetos pertenecientes a los difuntos guardaban sus cualidades personales. Ella también creyó que estaba lista para la tumba y le pasó la creencia a su única hija, Portensia Montelejos, quien había sido criada por nodrizas, sirvientas, y los retratos de gente vieja y muerta, al fín y al cabo, pinturas al óleo de antepasados. Sabiendo Mariabella que su hija Portensia nunca poseería sus encantos por ser de una consistencia debilona, asi mero demandaba que se la alimentaran con pan tostado y café con sabor a hilacha. Su mismísima madre de Mariabella había muerto por ser de buen diente y ella era adamente que Portensia le siguiera a su misma abuela en la tumba.

1

Cuando Mariabella Montelejos pensó en su ninez, siempre en su memoria se pintaba una casa deforme dada las altas ventanas, con vigas de madera soportando los techos, situada al norte de España. Con viva imaginación, se llenaba de puritita vergüenza y humillación de recordar haber visto a su madre usar el buró de la recamara como bufet de comedor. Mariabella todavía a esta vieja edad, lloraba cuando se acordaba como su madre, Diamantina Cantu de Lombardo, la alimentaba pastelitos rellenos de crema, preparados al estilo de pastelería a la francesa. También le preparaba aceitunas rellenas con anchoas; y cocinaba una salsa espesa al estilo de los cerros altos, alimentándola en su boquita tierna y carnosita. Los encajes, holanes, adornos de hueso de ballena y tafeta nuevecita, no podían ganar sobre su cuerpo. Al crecer, Mariabella le rogaba a su madre que se controlara sus desmedidos apetitos de escala mítica Griega, pero Diamantina, una mujer platicona y rica, que ganaba buenos cantidades de dinero diseñando e inventando cuanto se le vino a la cabeza de sombreros finos, guantes, estolas, y exclusivos accesorios adornados con pieles, y a duras penas volteaba a ver a Mariabella para ofrecerle pan ó una rebanada de flan.

Diamantina había heredado, de un dizque tía, una tienducha en un barrio viejo de París. Asi como ya dijimos anteriormente, Diamantina diseñaba accesorios con las mejores pieles que sus primos de Canadá le mandaban, y las mejores sedas traídas desde lejanas tierras del mundo Arabe. Ella era una comerciante natural, e hizo de la tienducha, una de las joyas más afamadas y renombradas de todo Paris, apreciada y buscada por las mujeres más elegantes del mundo.

Entre viaje y viaje de París a su hogar en las montañas del norte de España fué donde Diamantina fué descubriendo deliciosos bocadillos en sitios claves que competían por preparar los mejores platillos de la jornada. Poco a poquito descubrió que afuera de su propio mercado La brecha, adonde se podían encontrar quesos exóticos y rebanadas delgadisísimas de jamón Serrano y cortadas tan gruesas como el papel, ya era un hecho que ella planeaba su itinerario de ida y vuelta a París, de acuerdo a estos sitios con platillos suculentos. El viaje era meticulosamente planeado dependiendo en las guardiciones que dependían desde la sopa de crema a qué clase de pescado; que desde la botana hasta el entremés, que del marisco a las frutas importadas con todo y olor; y un titipuchal de postres horneados en un sin fín de cocinas. El resultado fué que la talla del vestido de Diamantina fué aumentando al mismo tiempo que su éxito con el changarro Francés.

"Come hija, come" le decía a Mariabella. "Porque manaña tal vez perezcamos." Parpadeando los ojos, la mujer gorda, segura de sus propias delicias culinarias le movía los dedos azucarodos en frente de la cara de Mariabella y estiraba los hombros, ya que Diamantina Cantú de Lombardo siempre sintió un poquito de lástima por su benjamina por no tener imaginación y esperar siempre ser complacida.

"Mamá, tú no necsitas otro platillo de comida" le decía dulcemente Mariabella a su mamá, cuando Diamantina demandaba de la cocinera, un nuevo plato de comida.

"Me hará daño la comida, a mis tripas, y especialmente a mi hígado, si no le pongo una porción de pescado arriba de la crema de zetas de las montañas, a mi systema digestivo. Diamantina creía en la sciencia gastronómica, y arreglaba sus tenedores para hacerle espacio a un lugar más junto a ella, que la ayudanta de la cocinera servía silenciosamente.

Cuando se servía la comida en el grandioso salón de baile, sus once hijos fueron solamente permitidos sentarse a la mesa solamente si usaban su ropa de etiqueta, y si estaban bañados y peinados. Mariabella era la consentida de todos sus diez hermanos mayores, y Diamantina, su madre, la vestía con vestidos de fiesta de sus tiempos

4

gloriosos que siempre olían al cedro del baúl en donde los tuvo guardados durante tantos años. Mariabella, que siempre andaba vestida usando aros con las crinolinas debajo de las naguas, y que sus moños siempre estaban desatados, observaba en silencio a sus hermanos casarse uno por uno y alejarse de su madre, y empezando nuevas vidas en lugares lejanos, casados con mujeres de ojos obscuros y extraños acentos. De ocasión en ocasión, los hermanos venían a comer al gran salón de baile con sus esposas, arrullando bebés en los brazos ó cargando a sus niños en los hombros, pero toda esta muchedumbre no podía competir con el inmenso apetito de Diamantina, si no era para satisfacer a los Dioses de la Glotonería.

De manerea que Mariabella era la única de todos los hermanos, junto a su madre, quien nunca dejaba un curso de comida escapar. Embrujada, Mariabella se sentaba a la mano derecha de Diamantina vigilando y condenando cada mordida. Diamantina le decía exclamando: "Deja de agriarme el apetito con tus miradas."

"No, mamá," Mariabella contestaba, "Debe ser la Paella Negra."

Diamantina se afligía grandemente prescenciando la poca importancia por la vida, casi como un deseo prohíbido, que le daba su hija Mariabella, y trató de todas maneras de engordar a su hija. Esta, a su vez se enojaba porque el tamaño de amor maternal era igual que del tamaño corporal de su madre, y completamente, la evitaba. Mariabella no tenía cabeza para los negocios, y nadie le pudo ayudar a entender el valor del dinero, ó la destreza que se necesitaba para moverlo de aquí para allá, de una trampa para castores a comprar elegantes manequíes, bueno, pues ni siquiera cómo llevar contabilidad ó decorar los mostradores de las ventanas. Simplemente, Mariabella detestaba los caminos largos y largas horas que tomaban viajer por carroza de París a su casa de las montañas.

Cuando finalmente Diamantina aceptó que su hija más joven no podía aprender el placer por la comida ó el arte de hacer dinero, ni la delicada naturaleza de una mujer de negocios, empezó a ahorrar para una dote matrimonial que tentara a un duque. Los hijos mayores no habían requerido de dotes matrimoniales, pero los esfuerzos de esta buena mujer en enseñar a sus hijos a ganar dinero fue recompensada por la innata abilidad de ellos en multiplicar el contenido de sus billeteras. Ella no se preocupaba por sus hijos, era su hija quien la quitaba el sueño por la noche, y cerca del congelador durante el día.

Muchas dotes matrimoniales crecieron y disminuyeron de tamaño y esplendor como el tejido de Penélope que se hacía y deshacía, y así Diamantina le aumentó y disminuyó a la dote de Mariabella, ambivalente y miedosa en dejar casar a la úhija, o dejarla de solterona en su casa.

"Esta seda no es para un pordiosero," se lamentaba con la servidumbre y cerca de las orejas de Mariabella. "Este tinte corrió y arruinó el encaje," continuaba, barajeando a través de los cofres, sedas, tafetas, encajes, sombreros, guantes, zapatos, papel impreso con nombre y dirección, cubiertos de plata, polvos faciales, perfumes y todos los ingredientes secretos que cada mujer necesita, esparciéndolos por todos lados. "Debemos ordenar todo esto otra vez de un buen mercader – no doncella de respeto se casa sin encaje de buena calidad."

Los críados movían la cara en aceptación y decían, no, no, ciertamente que una damisela respetable jamás pensaría semejante cosa, y Mariabella echaba humo por las orejas en su ala privada, en medio de las cien cepilladas a su cabello que requería usar peine de marfil. Lista para dejar las particularidad de tal madre, que no lo llevaban a perpetuar la belleza de su juventud, ó de ver los errores de su amor por la buena comida, Mariabella estaba lista y esperaba con impaciencia para comenzar una nueva vida.

Diamantina investigaba cuál era la dote matrimonial que callase las lenguas mas amargadas. El problema de encontrar el marido adecuado le preocupaba suficientemente para revolver su estómago de hierro conectado a su systema nervioso. Los hombres disponibles eran hombres que la miraban con Reales en los ojos y aliento de vino hecho en casa, además de botas sucias y cinturones apretados. Los terratenientes que vivían en las montañas, que banquetgeaban en el gran salón de baile, donde antes sus hijos se sentaron, eran de baja cuna comparados a la heredera de alcurnia de una tienda de modas francesa, y cuando descubrían que ella no cocinaba, cosía, ó atendía las cabras ó los caballos, se retractaban despuós de consumir espléndidas comidas envenedadas por los coqueteos de Mariabella. Diamantina consideró llevársela a París, pero aprendió a través de largas experiencias que los hombres en esa ciudad eran muy buenos en disfrazar la realidad de sus bolsillos.

En eso llegó la mañana, y desde su residencia de altos techos envigados en las montañas del norte de España, y cerca de la fronterea con Francia, que fue cuando Diamantina recibió de México una carta acerca de un terrateniente noble, que había oído de la belleza de Mariabella por medio de un primo distante relacionado con ambos, Los Lombardos y los Montelejos. El era no solamente de noble alcurnia, sino que la carta esta acompañada de recortes de periódicos con noticias de la alta sociedad que incluía al círculo de su familia, de las meriendas, de reuniones con altos mandatarios y embajadores, de competencias de Polo en los jardines de grandes mansiones, y de hazañas militares de gran valor con bailes de gala que hacían envidiar a cualquier noble de Inglaterra. Depositando la carta entre los papeles de su secretario, Diamantina contó sus bendiciones recibidas y sus oraciones contestadas con una mano en el corazón, y empezó a preparar los baúles de inmediato.

Fué el padre de Cristóval, Osvaldo Monteleejos, quién aconsejó a su nueva nuera de pedir su fortuna en joyas. "Mariabella, un hombre tomará la dote matrimonial de su mujer, y sus tierras, pero es el esposo frío quien toma el adorno de la cabeza de su esposa" le decía con su voz rasposa por fumar tanto cigarrillo barato, y se limpiaba las lágrimas de los ojos con un pañuelo almidonado, bordado con sus iniciales. Todavía fuerte en sus años maduros, Cristoval había sido el primero en regarle una joya como a las que él se estaba refiriendo - un broche de plata en forma de nido, sosteniendo un rubí cortado en forma de huevo.

El fué también el que arregló el viaje desde San Sebastián, el pueblo de donde los Montelejos provenían desde dos generaciones anteriores, pagando por su pasaje a través del oceano hacia Mérida, y de ahí trasnbordando a un cruzero dirigido a Veracrruz, donde abordó el tren que se dirigía a la Ciudad de Mexico a toda máquina de vapor.

Osvaldo le decía a su hijo, desde su tierna edad: "muchacho, cásate con una novia de nuestra propia gente, una que sepa de qué tierra venimos."

El hijo, ya de edad adulta, escuchaba a su padre respetuosamente y en su interior él anhelaba quedarse soltero. Su mundo giraba alrededor del mundo equino con sus competencias europeas, de las idas al teatro, y de la compañía de su mayordomo, que no se le despejaba desde el día de su nacimiento. Tener que adquirir una esposa escogida por su padre, sólo por la gentileza en su educación, pudierea ser inevitable y ciertamente innecesario. Su círculo social aceptaba sin comentario su soltería, aunque en los ojos de muchas damas de alcurnia, era una verdadera pena que tal nombre se desperdiciara.

De esta manera los años se desenrrollaron como un pergamino escrito en la vida de Cristóval. Rumores de que su padre era un apostador y progenitor de hijos bastardos eran inconsecuentes chismes en los oídos de Cristóval. Y ahora a los cincuenta y seia años no le prestaba al viejo su atención.

"Estoy escribiendo cartas a nuestros pariente lejanos en España," Osvalde le comunicó a Cristóval un dia. "Una esposa tendrás antes que yo esté bajo tierra."

Cristóbal no le creyó nada y deduciendo que nada vendría de tal plan. Pero cuando Mariabella llegó a su casa, en la esquina de Benito Juárez y Melchor Ocampo, cargando nana, lavandera, cocinera, y ocho baúles de cargamento, se dió cuenta que había ya no había remedio y se resignó a las nupcias llevado por su padre al altar.

"Ella será una esposa fina para ti, Cristóval," su padre le dijo en el dia de la boda, "Tu vida no necesita cambiar porque ella está aquí."

"Es una jovencita, y además muy coqueta."

Su padre le dio el golpe al cigarro riéndose. "Eso si que es verdad, hijo. Pero mientras que un hombre encuentra placer con muchas mujeres, una esposa solo lo encuentra dentro de la sociedad. Déjala que se divierta in nuestro círculo. Su ligereza le encontrará muchos amigos, y tú mismo te encontrarás de su lado bueno." Osvaldo inspeccionó la punta negra de su tabaco, aplastada por sus dientes manchados. "Un hombre en México no es un hombre hasta que es un esposo, hijo. Recuerda bien eso."

Cristóval se sorprendió de oír cómo su padre estaba enterado de las reglas sociales que todo mundo sabía pero que nadie hablaba de ellas, y se quedó callado. El le permitió a su nueva esposa mimar con alagos y atenciones hacia su padre, cosa que Osvaldo anhelaba, y modificó la casa vieja a las especificaciones de Mariabella. Cristóval se dejaba llevar al pié de la letra lo que ella disponía, y nada cambió hasta que su padre murió. Fué entonces cuando se dió cuenta que el sueño marital se había terminado, y en su lugar habían asuntos que hasta ése momento, él había sido ignorante de tales. Al parecer tenía, no solamente algunos hermanos y hermanos ilegítimos, pero los siete habían nacido de cuatro differentes mujeres. Después de la muerte de su padre, había mesadas que pagar, casas que asegurar, y presupuestos anuales que planear. Los hermanos eran buenos para aprender vocaiones, y las hermanas eran ignorantes, no tenían ni en que caerse muertas, y sabían poco excepto que eran buenas para comprar en el mercado e ir a la iglesia. Cristóval hizo lo que pudo para asegurar que sus hermanos bastardos pasaran de ser esclavos a mercaderes y tener puestos decentemente pagados, en diferentes oficios, pero por sus hermanas bastardas no pudo hacer mucho ya que de las tres, no se juntaba ni para una dote matrimonial digna de ser considerada como tal.

Mariabella se daba cuenta de los enredos que su suegro tenía, así como los de su mismo marido, pero le ocultó a Cristóval el conocimiento que ella tenía de todo esto. Ella se comprometió a sí misma en proveer a sus propios hijos las herramientas necesarias para asegurar sus futuros, en lugar de preocuparse por hijos llorones de mujeres con calzones aflojados. Ella sabía que era la naturaleza de los maridos ir más allá de los votos nupciales y buscarse concubinas – tal era la fortuna de la mujer. Pero en público, mano agarrada en la Opera, ó de anfitriones en su casa elegantísima, ella silenciosamente leía las miradas que su marido daba, cada apretón de guante perfumado, cada mueca labial, que astutamente investigaba sus intenciones para llevarse alguien a la cama.

"La señorita del Valle ciertamente se ha convertido en una bella mujer" le dijo un noche a su marido, cuando se ponían los camisones para irse a dormir. "Ni noté," él contestó.

Mariabella se trepó a su suntuosa cama que estaba laboriosamente labrada y trabajada con diferentes maderas finas y que tenía cuatro postes y techo, y suspirando cuchicheó melodramáticamente. "El año pasado no era más que una niña. Cómo se pasa el tiempo."

Cristóbal se volteó de su lado, ocultando su cara de la mirada de su esposa, porque él ya había conocido los encantos de la joven señorita del Valle muy íntimamente. "Qué es lo que dicen? Que el tiempo es el ratero más viejo?"

Ni Mariabella ni Cristóval actualmente creían que su matrimonio produciría hijos, por la avanzada edad de Cristóval, y por su indiferencia hacia Mariabella, en la alcoba. Cuando Portensia llegó, mojada y enojada desde el vientre de su madre, se quedó enojada durante toda su infancia, y ni Cristóval ni Mariabella sabían qué hace con ella. Emplearon las mejores nodrizas que encontraron, arreglaron su recamara con toda clase de juguetes, libros, juegos, y muñecas que pudieron encontrar, pero nada parecía satisfacer a la pequeña niña. Una constante y permanente expresión de desaprueba estaba grabada a través de su pequeña cara, y no cruzó palabra hasta que tenía casi cuatro años – y ya para entonces sus padres estaban acostumbrados de dirigirse a ella como si fuera un adulto mudo en ropa de niño. Cristóval solo la veía a la hora de la comida, cuando quietamente masticaba las porciones medidas que su madre le permitía comer. El consideraba que su esposa era una vieja coda cuando se refería a la dieta alimenticia de su hija,

14

pero no advocó en favor de Portensia. Los niños, después de todo, están a cargo de sus madres. Mariabella calladamente se dispuso en educar a su hija de cómo manejar a la servidumbre, acerca de la etiqueta de cómo arreglar la mesa para las diferentes ocasiones de comida, y de saber vestirse de acuerdo a las mujeres de su clase. Empezó a hacer pesquizas en quiénes serían candidatos apropiados para matrimoniar a Portensia, y empezó a preparle su dote, de la misma manera su madre lo había hecho con ella hace no mucho tiempo.

De esta manera, los años fueron pasando así en la casa hecha de piedra, al final de Coyoacán. Inquietud se empozó a oir en el campo. La rebelión Marxista reverberaba en las univeersidades, guerras surgían a la superficie en lugares lejanos, pero el pequeño círculo de *Porfiriatos* se sentaban cada domingo visitándose los unos a los otros, muy quitados de la pena que algo pudiese pasar.

"Tu papá es pariente lejano de ambos, *El Presidente* Díaz, y su predecesor Benito Juárez, Sita." Mariabella le decía a su niñita cuando las visitas eran sofocantes antes de retirarse. "La era Porfiriana ha sido buena para nosotros, así como la de los hermanos Juórez, y hablaba en forma de una épica ¿Qué vendrá cuando ellos mueran? Sólo el Niño Cristo lo sabe."

Cada día Portensia Montelejos se despertó a su hora acostumbrada y desayunó el pedazo de pan tostado que Mariabella había ordenado para ella.

"Haz esta cosas," Mariabella le dijo toda su vida, "Y vivirás para ser la madre de un sin fín de muchachos, mi hija."

Portensia, una niña flacuchita y débil, sabía que no debía hablar con su madre le sermoneaba. Ella la escuchaba con expresión de piedra en la cara cuando Mariabella alegremente le contaba historias muribundas de su difunto esposo con su fortuna regada y mal gastada. La gran casa de piedra y la aún más grande line genealógica habían muerto con él, junto con las muchas tierras y títulos reales españoles, que de todos modos no pasarían a Portensia – el último hijo, tristemente, una mujer que no podía heredar el pasado grandioso de la familia.

"Este lugar precioso – dominado solamente por unas cuantas familias," Mariabella te decía a su hija, "Una parte de éste, fué nuestro una vez, pero," suspirando y acariciando los rizos rubios y sedosos de Portensia, y desabotonando por atrás el vestidido – una miniatura en terciopelo de sus propios elegantiosos diseños, "tú no naciste hombre y tu abuelo tuvo muchos niños. Las tierras todas han sido vendidas para pagar las muchas deudas que tu abuelo nos dejó, todos modos, y él hubiese hecho de ellas lo que más le placería, asi que ¿qué importa, *mi amor?*"

Sus ojos se volvieron transparentes cuando miró a la casa de piedra. "Cristóval Montelejos te dejó sólo su apellido con el que podrás encontrar un buen marido." Mariabella enrolló las calcetas de lana bajándolas de sus piernas blancas y suaves. "Tú mamá es una mujer loca, Sita. Ella amó a tu papá, pero el era muy viejo para ella. El era muy viejo para tu mamá pero él pagó un buen precio por ella. Y tu mamá pagó un precio alto por ti. Aunque tú no sabes lo que esto significa, pagar por gente." Ella empezó a enrollar las calcetas. "¿Porqué no le contestas a tú mamá?"

"Porque mi mamá no me ha preguntado nada."

"¿Sita ama a su mamá?"

La niña buscó los ojos de su madre buscando la respuesta correcta. Era a menudo engañada cuando nó, era sí, cuando el placer significaba dolor, y el amor, odio. "La Mamá de Sita es un pájaro hermoso," ella decía y Maribella se reía con deleite.

"Ella es, Sita." Su risa sustituía su dolor que terminaba cuando la enfermera venía al rescate de Mariabella de su única hija- una hija que no lloró cuando su Mamá murió. Mariabella se paró para ajustar sus aretes de esmeraldas y el collar que le hacía juego. La enfermera silenciosamente se llevó a Portensia lejos del tocador de su madre. "Voy al Ballet con Los Valencias," le dijo a su hija.

Portensia sabía que ella so iría sola; había hombres esperándola. Siempre esperándola.

Los pocos años que duró la vida de Mariabella Montelejos nunca se llenaron con pan tostado – había banquetes, noches de Gala y la Opera. Festivales que además de ser extravagantes, duraban toda una semana, ya fuese en honor del Niño Dios ó El Papa, con cintileantes disfraces perfumados por los manjares y los candelabros. Los menús eran bastante generosos y los invitados se abastecían con ellos hasta vomitarse en los arbustos del patio. En los últimos años en la vida de Mariabella, y mientras que en La Ciudad de México se llevaba a cabo La Revolución, ella y su hija pasaron hambres hasta rascarse las uñas, así como todas las demás familias y cayendo sobre el mismo polvo con el que fueron construídas sus mismas casas. Ella entretenía legiones sin cara, que la adoraban en sus vestidos de pájaros exóticos.

"Mira Sita, Soy un Macau." A pesar de que Portensia estaba encapillada con la opulencia de viejas fortunas en declive, de que su madre la mantenía habrienta, y temerosa por la amenaza de muerte en cada momento, Portensia se amarró a la austeridad, cosa que la marcó para toda su vida.

"Tú no eres un macau" la niñita le diría a Mariabella, cuando, llena la copa con una bebida burbujienta, se acostaba en un diván cubierto con brocado, como la heroína de la Opera. "Tú eres mi mamá bromista que solamente desea ser un macau para que hombres viejos te alimenten de la palma de sus manos – Ya los he visto."

Su madre, guapa y lista hasta el día en que la muerte se la llevó, sonreía a la carita de su hija, apretándosela y se le acercaba y le susurraba consejos: "Nunca los dejéis que hagan un espectáculo de ti, Portensia. Deja que los que te deseen coman gusanos antes que tú les entretengas sus necedades. Tú eres hermosa, Sita. Tu Mamá fue hermoisa también, pero ella fue una vieja ridícula." Ella sostenía firmemente la carita de la niñita con su mano. "Guarda tu corazón frío, Sita, y vivirás para enterrarnos a todos cuando nos tengamos que presentar en el Reino de Dios, a su propio tiempo, y cuando las manos se te arruguen." Y riéndose aún más fuerte, para que sus invitados oyeran su alegría, con la cual enmascaraba su tristeza, su madre se alejó danzando en los recuerdos de Portensia, rodeada por mil desenredos.

Cuando el tiempo vino para Portensia Montelejos de tener hombres esperando por ella, Portensia desapareció debajo de las piedras de su antiquísima casa. Esa mañana la sombra de su padre no la dejaría en paz, adamante de que ella tomara sus mensajes. Portensia no estaba de humor esa mañana (ninguna mañana, para el caso) de seguirle la corriente a su difunto padre; sus mensajes nunca eran importantes, ni llegaban a tiempo. El vino trayendo historias de las rebeliones sangrientas del indio en las haciendas, de los estudiantes que leían a Marx con lágrimas en los ojos, y devoción en su corazó, de familias que habían mandado a sus hijos queridos a París, en lugar de verlos desperdiciándose luchando por el gobierno. Pero Portensia no le daba ninguna importancia a nada de ésto. La lucha del Presidente de continuar en el poder, había asegurado el estilo de vida que la gente de su clase tenía, lo cual Portensia, ignoraba cómo la gente de su clase, vivía. El fantasma de su padre entristecido por los cortes alcances que los muertos poseen sobre el futuro, y temeroso del México que surgiría de las cenizas después de tantos años de diseños imperiales; y de la disminución de fondos de familias de abolengo, trataba de informar a la única que lo podía oir. En la parte de su hija, ella esta enojada por darse cuenta que éste padre, que le había prestado muy poca atención cuando vivo, viniera ahora de muerto a reclamar el tiempo ido. Su enojo era tal, que le tiraba platos al aire cada vez que él se le aparecía, con preocupaciones acerca de su seguridad. "Padre, vé a avisarles a los hijos de tus otras esposas" le advertía a esta forma de luz desvaniceda que resemblaba a su padre, "porque no tengo necesidad de ti."

Mariabella y su presencia guardaban tales molestos espíritus al margen, ya que desde la muerte de su marido, Mariabella sólo se interesó en divertirse sola y no veía el mundo a su alrededor. Guardó a Portensia a su lado durante todas las horas del día, pero cuando Omar Codo del Valencia y García, el cuarto pretendiente adecuado que las quería fue anunciado, ella dejó a Portensia en el total cuidado de su nana vieja. Omar Codo, quien no sería dejado atrás, completamente rehusó irse cundo la niña se perdía (y su mamá se deleitaba, ya que era la firmeza de su hija la que a su madre le encantaba y le admiraba,) argumentando que éste era el único día que tenía para ver a la nena, puesto que la semana venidera se iba a registrar como candidato al colegio militar de Chapultepec.

"Mi esposo tenía un primo que fue uno de los Niños Héroes de Chapultepec," le dijo a él. "No el que se tiró él mismo desde la más alta torre del castillo cuando los Americanos invadieron la Ciudad de México; uno de los otros cinco." El sonido viajó muy suavemente hacia abajo, donde Portensia se encontraba escondida abajo del piso de piedra y madera.

"Qué historia más ilustrosa, tiene usted en su familia, Señora Montelejos" agregó Omar, distante y secretamente envidioso de tales hazañas.

Mariabella sonrío dulcemente y con modestia aplicó que historia era de suma importancia y que debería ser recordada, "¿qué no estás de acuerdo?" él murmuró su acuerdo y su propia determinación de aspirar a tal bravura, y muy educadamente preguntó si él como pretendiente era considerado para la mano de su hija.

Debajo de la piedra, escondida de los fantasmas y de pegajosos y apestosos chicos que pensaban que la guerra era como pelear con estatuas diminutas sobre grandes mesas con mapas elaborados con trucos engañosos, Portensia escuchaba a su madre tratar de venderla por el precio de una nueva carroza.

"Veamos, Sr. Codo, usted sabe que es tener un buen caballo de hueso y carne. Es lo mismo para una mujer," su madre empezaba el negocio del cual él aludía. "Entrarla en camisa, es lo que ella necesita. ¿Está usted seguro que es usted el hombre que puede domar a una niñita?"

"¿Qué chiquita es la niñita?"

"Solamente unos diecisiete añitos. Por supuesto, hay unos hábitos malformados, pero no tantos como en una de veinte."

"Se ve debilucha, si no le importa que diga mi opinión."

"Ajá, tiene usted toda la razón, Sr. Codo, y aunque pequeñita, ella tiene buen nombre y buena salud con todo y huesos. Pregunte a cualquiera en nuestro círculo."

"¿Cuál es el precio de la dote por esta muchachita con todo y huesos?"

"Tristemente, casi nada. No tiene tierras, pero el nombre del apellido Montelejos y su historia, como usted ya lo sabe, le abrirá a usted muchas puertas. Su dote es una méndiga miseria, pero el potencial es enorme. Ella sabe como mandar a la servidumbre, manejar una casa, y nunca ha pisado pié afuera de nuestra casa sin ser chaperonada. Esto la guarda sin reproche y será una esposa fina. Yo solamente pido unos cuantos cienes de pesos para su viuda madre, y ella es suya."

Había silencio en el cuarto, mientras que allá abajo, Portensia se quemaba en partes iguales de miedo y de coraje.

"El precio no es mucho, es verdad."

"Y usted sabe Señor," dijo con su voz de madre duderosa y tímida, "ella no sabe que es mejor para ella, ya que la vida en esta casa no está llena de finezas y no le costará gran cosa mantenerla."

Hubo un cambio de actitud, y el hombre joven dijo; "¿Usted me puede prometer que ella será algún día tan hermosa y guapa como su madre, que herede de su ella el mismo repertorio de encantos?"

"Señor, eso no se lo puedo garantizar, pero estoy de acuerdo que cualquier madre mostraría gratitud hacia el hombre que cuida a su única hija. Quizás, si el muestra que es del mismo valor social y provee descendencia – sí, esa madre estaría inclinada a demostrarle ingeniosos favores - ¿Quizás?"

Hubo otro momento de titubeo y silencio,

Portensia de cansó de estar escondida y marchó paso a paso entrelazada con indignación, hacia la sala de su madre. "¿Así que tú quieres venderme a este hombre-niño?" murmuraba con vehemencia a su entrada al cuarto. "Qué maravilloso, qué adorablemente enfermizo nuestro matrimonio será: la patética que todavía mama y su príncipe."

"Esto a ti no te concierne, Sita. Ve jugar con tu nana." Mariabella no quitó la mano agarrándole la pierna al hombre joven.

"¿Es ésta la susodicha niñita de la que me hablaste?" el hombre joven se levantó de la silla cubierta en oro, haciendo gestos y listo para ordenar. Ella en verdad era verdaderamente chiquita, casi nadie.

"¿Naná? Portensia contestó con enojo, ignorando la mano ofrecida por el niño. "¿Quién cargará con nuestros suertudos retoños, Mamá? ¿Quién les dará de mamar? Dile a este afeminado la verdad – que tener hijos con él me matará y su dinero será desperdiciado."

El hombre joven tenía los ojos abiertos de sorpresa: "Señorita Montelejos, le aseguro que soy un hombre honorable no importando qué piense usted de mi moda de vestir."

"Ella le quiere vender productos dañados, a usted que tiene ojos de gacela," dijo Portensia defendiéndose con rabia. "Este corazón no aguantará el fruto de sus entrañas." Sus ojos se encendieron como hornos, un truco que había perfeccionado en el espejo del baño. "Llévesela a su cama y deme su nombre, pero sepa que su línea ahí terminará – con una vieja y una inválida."

"¡Señorita!" exclamó escandalizado el hombre joven. "Ciertamente que no sé, que no tenía idea de lo que usted pensaba…que quiso decir…" el hombre joven se golpeó su sombrero mientras que su cerebro trabajaba para refutar el significado de lo que ella decía, pero sus pensamientos se hicieron flácidos y disturbados por la visión de la carita con expresión de odio.

"¡Dios mío!" dijo la nana, esto se ve como que la fiebre va a aparecer. Y corrió detrás de su descarriada niña. "Ella no cae enferma tan seguido; es tan raro, que debemos ponerla en su cuarto antes de que se le olvide que está enferma." La nana corrió enseguida a sujetar a la delicada niña para que no se cayese en el suelo, pero la niña se volteó y le maulló como gato a la nana, quien era una mujer supersticiosa y se santiguó y se persignó mientras que los ocupantes del cuarto, quietos, se llenaron de incertidumbre. Portensia se sacudió de la oposición y caminó hacia el hombre joven, todavía al lado de su madre.

"Me entretuvo con complacencia contemplar la noción de tu propuesta." Dijo, "pero prefiero casarme con el carnicero que con un hombre que se estremece ante la presencia de una niña que no es normal. Tú eres débil e ignorante a la vez." Y girando el tacón, marcó el paso retirándose de la misma manera en que había entrado – dejando una extraña sensación de descanso en su ida.

De las canciones que aprendió de su madre, eran las sonajas de una entera clase social muerta.

Los Franceses y quien quiso irse, ya no estaban cuando Mariabella danzó su última danza vestida de pájaro. Fue que de caridad, su hija sobrevivió la década.

El secreto de sobrevivencia de Portensia, no era secreto, después de todo, era el consejo de su madre, simplemente, la usencia de movimiento. "Una dama no trabaja," Portensia se defendía cuando la pobreza demandaba de ella que encontrara una vocación gentil para mantenerla y a su madre Mariabella, que se deterioraba rápidamente.

"Pero Señorita," los criados le suplicaban, "No tenemos nada que comer y nuestras ropas son harapos."

"Entonces ustedes también pretendan que son damas," Portensia les gruñía. Ella ya conocía desde hace mucho, el apretón del hambre – hacía años que su miedo por esta se había terminado. Los sirvientes, desconfiados de la retórica socialista, apegados a la mansión donde sus ancestros habían servido, y temerosos que la casa se cayera en ruinas por la falta de mantenimiento, acudieron a un familiar distante.

"Nos estamos muriendo de hambre, y ella no hace nada!" se quejaron. "La madre de esa niña está enferma en la cama. Sin ninguna amabilidad, estamos muertos."

"Extrañan las fiestas y las carnitas asadas," Portensia reportó cuando un familiar la vino a visitar. "Temen que los muertos los hagan pagar."

"No son las fiestas ó pagarles a los muertos lo que les da miedo, sino tú," él le replicó.

Pero Portensia solo levantó su temblorosa mano y despidió al pariente y a los criados y sirvientes que le quedaban. Cuando la pelea por la revolución se intensificó, las tropas del gobierno caían más rápido que los refuerzos pudiesen llegar a tiempo, Portensia cerró el gran portón de la casa en Benito Juárez y Melchor Ocampo, y esperó por el fin del mundo.

El corazón errático de Mariabella finalmente silenció la guapura de Mariabella. Cuando se estaba ahogando en su propia sangre, y lentamente sofocándose con ella, Portensia se sentó en silencio en el atrio de arriba, de la casa de piedra. Escuchó cuando el doctor vino y se fue con las noticias, dándole un rizo del famoso pelo de su madre, y se ocultó de la vista de los vecinos t oraciones y no se movió. Tan acostumbrada a la inmovilidad como a el hambre, la mente de Portensia trabajaba como si ella tuviese fiebre. Ahí, ante la realidad de convertirse en huérfana a los diecinueve años, sola, en un cuartel de piedra tan grande como para albergar al ejército, los ojos de Portensia miraron las cosas acumulados a través de los años, y ahora sin propósito alguno para ella, y vio carros de servicio decorados con hoja de oro, roperos tres metros de alto, pasadores miniatura con diamantes que una vez adornaron el pelo de muñecas atesoradas, muebles embarcados desde España que llegaron después de atravesar peligrosas rutas, servicios de mesa de plata venidos por la bodas de tres generaciones, vajillas, cristalería y mantelería para banquetes de cinco discursos para veintiocho comensales, copas de oro saqueadas de naves hundidas, y dieciséis baúles llenos de ajuares, que nadie había abierto, al menos hace como unos cincuenta años.

Portensia fijó la vista en las riquezas que acababa de adquirir como herencia de su familia, encaramada en lo alto de la casa de piedra, y decidió nunca casarse. Ningún hombre sostendría las riendas de sus entrañas – Portensia sería libre. Pretendientes venían para encontrar la versión joven de Mariabella, pero sus delicados orgullos de machos recibieron un puñetazo, y se largaron. Pero tampoco Portensia aprendería una vocación, por miedo de quién ella era realmente. A ella no le pondrían una yunta ni ningún hombre tendría autoridad sobre ella. Ella tampoco trabajaría, al menos, con las manos. Por alguna época ella no había tenido miedo por la muerte, ya que ella había aprendido a convivir con los muertos – era el fracaso lo que ella no podía aceptar. Si ella no sobresalía en la vocación escogida, Portensia no sería humillada. Ganarse el respeto entre los iguales a su madre, estar más alto que todos ellos al punto que ni siquiera le importara ese respeto, era su meta. Nunca le entró en su imaginación cuánto su madre viviría, ni tampoco la vida sin ella y sus infantiles preferencias, como prendas de seda, alimentos endulzadas, rubíes cortados en forma de corazón del tamaño de los huevos del Petirrojo. Mariabella había guardado a los muertos adentro de las almacenas y en los retratos al óleo. Portensia aprendió a vivir detrás del ruido su madre, escudándose de los muertos y haciéndose la discreta, en tanto era posible, y ahora que su madre estaba allá abajo, a punto de morir, Portensia no tenía idea qué haría para mantener los muertos al margen.

La casa estaba en ruinas, pero intacta. Mariabella tenía el hábito de hablar de sus posesiones de tal manera, que les empapaba su espíritu, y así, los sirvientes hasta tenían miedo de robárselos; sobre todo ahora que estaba en la cama lista para cruzar el mar final hacia las tierras más lejanas. Sin la servidumbre, la casi muerta en el cuarto de abajo, la casa estaba en silencio. Así que Portensia, sentada en su guarnición de piedra, tan grande para albergar varias familias, decidió juntar todos los pomos de plata de las puertas, los servicios de mesa nupciales, las copas de oro, las bisagras de oro de los muebles, y los cuadros de oro colgados en las paredes, así como las masas de joyas de su madre, y buscar un artesano en el arte de fundir metales. Haría monedas de metal de todos estos artículos inútiles – ya que las monedas se podrían esconder en secretas cajas fuertes y debajo de la ropa. Con una fortuna escondida, ella dejaría Coyoacán y compraría una casita respetable usando solamente la única herencia que le dejó su padre: su apellido. Con él, ella podría convertirse en una solterona calladita y hacer lo que le pareciera.

En el último día de su vida, ahogándose en sus fluidos, y derrotada por un corazón débil, Mariabella muda suplicaba por un beso de su hija. Sus mejillas colgadas pero tersas, se estremecían en su última súplica y sus ojos, lúgubres rogaban aceptación de Portensia. Por favor perdóname.

Portensia quería voltearse para mostrar que su corazón era la joya frío como el hielo que su madre pulió por tantos años, pero no pudo. "Dicen que vaya muy malo para el gobierno." Le dijo a Mariabella sentándose rígidamente al lado de su madre moribunda, en el diván que Portensia había jalado al cuarto de enfrente por medio de sus patas de león. "Los rebeldes pronto tomarán la ciudad. Dividirán las haciendas antiguas en porciones pequeñas para que todo mundo tenga su propia hectárea, y las casas grandes en la ciudad serán usadas para el nuevo gobierno."

Mariabella no habló, no podía respirar, cerró sus ojos ante el horror de las predicciones de Portensia.

"Ni siquiera me importa." Portensia continuó. "¿Qué tiene que ver conmigo? ¿Quién soy yo? Una hembra, la última de su clase, la hija de un hombre que jugaba con las mujeres, acaso no es cierto, mamá."

Un gargajiento sonido emanado por la garganta de Mariabella, de bilis, sangre y tristeza se le subió desde sus adentros. Sus ojos seguían cerrados, sus manos entrelazadas como si rezando y en actitud muy seria, y no luciendo ya, ninguno de los anillos tan elaborados que poseía. Su cuello le colgaba como piel de gallina y estaba pálida y no se movía, paró en estremecerse. Los ojos debajo de los párpados pálidos también dejaron de moverse, y aunque ella no los podía ver, Portensia se imaginó estar llenos de nubes como al final de una tormenta, y se quedó vacía. Cuando el cuerpo de Mariabella se enfrió, Portensia se salió caminando del cuarto de enfrente, sin mirar para atrás.

Decidiéndose quedarse libre para siempre, al medio día del mismo día en que su madre murió, Portensia se aventuró a la calle ya olvidada por el mundo. Brillando menos que su madre, y obscurecida por su padre, ella era una extraña que no pertenecía ahí. Portensia dio un profundo respiro y empezó a contar el tiempo. Echándose su fino chal alrededor de sus hombros delgados como las patas de un pájaro, paró al primer hombre que vio. "Necesito un taxi", dijo en voz de tono frío para esconder su ignorancia.

"Ellos no pasan en esta calle," el hombre le dijo alejando sus ojos por educación, "pero ellos pasan frecuentemente en la próxima calle que es más pública que ésta."

Portensia siguió su camino sin darle las gracias, aterrorizada y enojada con su madre por no prepararla para tales simples maniobras. "Una mujer no se aventura a la calle sin escorta," Mariabella le había dicho. La tierra compresa de la calle se hizo más polvosa cuando ella pasaba, y todavía contando el tiempo. El calor del medio día era blanco y duro, y Portensia se arreglaba el velo de su sombrero y miraba adentro de patios vacíos y vio los instrumentos de limpieza, tirados sin orden junto a los arbustos y macetas con gardenias.

"¿Taxi, Señorita?" La voz del hombre vino como un alivio –ella no quería caminar tanto.

"Sí."

El hombre cerró la puerta del carruaje después de ella tan cuidadoso como pudo mientras que ella se acomodaba el chal y su falda alrededor de ella misma.

"¿Adónde la llevo?"

Portensia no miró al hombre; estaba examinando de su guante se estaba deshilvanando en una de las orillas. "¿sabe dónde hay uno que funda metales?" preguntó silenciosamente.

"Sí, como no, Señorita."

"Entonces es ahí donde deseo ir."

El taxi se fue saltando sobre las calles empedradas de Coyoacán. La catedral surgió en el frente, y Portensia hizo la señal de la cruz. Era solamente como cuatro minutos caminando hacia la catedral, ella adivinó. Ocho minutos caminando al día era suficientemente corto para pasar desapercibida, ella razonó. "¿Sabe dónde está Independencia?" Ella le preguntó al chofer.

"Sí, Señorita."

"¿Si le pago una semana adelantada, me esperaría al final de esa calle, ambos los miércoles y los Sábados?"

"Sí, Señorita."

"Portensia se dijo sí, asimismo, observando las tiendas con sus colores brillantes pasando por su ventana. Antes que ella había corrido a las sirvientas, ellas se habían quejado de las alacenas vacías gracias a la Revolución – ellas secreteaban que solo los indios quienes todavía crecían su propia comida y los Marxistas no se morirían de hambre. Y, por supuesto, ellos agregaban, la funesta Portensia. Ella había oído susurrar en la gran casa de piedra, que seguramente quien puede sobrevivir con pan tostado, ocasionalmente un huevo y un poco de queso duro le encontraría algún lugar extraño en el infierno cuando ello muriera. Portensia sabía que decían ellos acerca de ella, en casa de su madre – que estaba tan seca, que solo podía cagar piedras, tan desabrida, que marchitaba a las flores. Miró afuera de su ventana y vio a los vendedores ambulantes vender en la calle Huilotas muertas para cocinar. Sus alas extendidas para el placer de los caminantes, como si cualquier estómago pudiera sobrevivir comiendo pájaros más pequeños que los Pichones.

Sí, Portensia sabía que sus sirvientes la menospreciaban. Ella sabía que no podía quedarse con ellos porque no toleraba sus críticas ó aguantar su pereza. Mariabella había aceptado a los sirvientes de la misma manera que otros aceptaban que el vino es bueno para la sed y el sol malo para la constitución física. Para evitar que se unieran a los Comunistas, ella les daba comida y camas calientes cuando sus vecinos no podían. Portensia no podía darse ese lujo – no tenía el encanto de su madre para obtener crédito del carnicero. Ella sólo tenía la casa de piedra con su atrio abierto y escaleras en la parte de atrás, y nada más, Los sirvientes, ahora que Mariabella se había ido, se quedarían con hambre y eventualmente la hubieran dejado sola en la casa sin importarles de quién era ella, ni siquiera por la promesa de una cama tibia.

"Señorita, este es el lugar que funde metales." El chofer se inclinó hacia atrás para anunciarle.

"¿Su nombre?" Portensia le preguntó, levantando la cara.

"Generado," le contestó.

"Bien, Señor Geraldo. Espero por su taxi el próximo Sábado." Ella se salió del carruaje cuidadosamente con precaución de hacer todo lo posible de comportarse con propiedad – pues de seguro, esta calle llena de gente, no era ningún lugar adecuado para ninguna mujer, doncella ó dama. Junto a ella pasaron de prisa sirvientas y hombres golpeando mulas, niños harapientos y soldados mal pagados. Retrocediendo, con las manos en la frente enfocó los ojos para ver el taller del otro lado de la banqueta de donde ella estaba parada. La calle estaba vacía y obscurecida por la sombra de árboles grandes. Portensia cruzó la calle y jaló la campana junto al portón abierto.

Cuando un hombre joven vino hacia la puerta, se limpiaba los bigotes de migajas, y Portensia Montelejos por primera vez en su vida supo realmente qué la podría matar. No sería las delicadas palpitaciones en el interior de su pecho de pájaro; pero el joven mostachón con su cara franca y honrada.

"¿Es usted el hombre que derrite el oro y lo hace monedas?"

"Entre otros metales, sí, yo soy," el joven contestó

"¿Cuanta discreción posee usted?"

"De eso," Hernando contestó, "yo poseo una gran cantidad."

Con su madre muerta en un cuarto de abajo, Portensia, de diecinueve, y ahora libre para convertir el resto de los artículos domésticos de su casa en formas más convenientes, o sea, en monedas, le dijeron que el hombre que una vez había venido para buscarla – el hombre a quien su madre le habría hecho feliz en obligarlo con su "inventiva" – había sido matado con una bayoneta en la Revolución.

"Dijeron que Omar Codo sufrió porque le dieron en la panza. Ay, pobrecito! Los intestinos son el peor lugar en que te puedan dar. Su mamá lo conocía, ¿verdad?"

Portensia le hacía muecas con la cara a la vecina que pasaba cada sábado a saludarla, antes que se fuera a ver al metalurgo. Esta visitas eran de costumbre entre vecinas, ya que solamente mujeres de cierta edad y posición podían moverse libremente en sus círculos - Portensia tendría que esperarse muchos años antes de convertirse en una de ellas. La madura señora Flores privadamente decidió que su obligación era la de chaperonear a la Señorita Montelejos, ya que la escandalosa de la Mariabella estaba difunta. Su gozo en cada visita semanal era tal, que hasta se lo olvidó que estaba repitiendo las mismas noticias. "¿Te acuerdas que mi hijo esta en la guerra por parte del Presidente?" le preguntaba a Portensia.

"¿Está ganando?"

"Es muy valiente."

"Espero que por su bien, él esté bajo tierra. Si bien recuerdo, él no era de mucho beneficio para usted. Yo lo conocí, Señora," La lengua larga de Portensia no molestó a la Señora, quien sabía que la niña no teniendo padre, y siendo la hija de una madre floja y fodonga, esta muchachita realmente no tenía muchas oportunidades de casarse bien. Era ya un milagro que ella pudiese poner una cadena de frases en buen orden. La mujer consideró y dijo: "No he visto a tu mamá recientemente," a lo cual Portensia contestó: "Ella murió, Señora."

Este fue el extento de su conversación cada sábado, ya que la mujer, además de ser miope, estaba ruca. Ella no tenía ningún hijo peleando, sino que había muerto en la primera batalla, con calzones sucios y un rifle no disparado. El, junto con Omar Codo del Valencia y García, ambos habían estado en el mismo regimiento como Oficiales con monta. Vestidos en sus trajes de Caballeros, pantalones apretados, y sombreros, habían atacado al enemigo al mismo tiempo, cayéndose sólo unos cuantos metros apartados – sus ropas tan finas, zapatos y monedas fueron tomadas después de la batalla por el mismo enmascarado, un pequeño niño de ocho años.

La Señora Flores, la única testigo del secreto de Portensia en el cambio de la conversión de su activo disponible, cuidaba a su nuera embarazada, con baños fríos y la generosidad de su ruques. Ella no sabía que el precio de un puerco ahora era equivalente a una pequeña fortuna, pero aún así, se la arreglaba para regatear pollos enteros del carnicero, a quién ella lo daba por tacaño, cuando no se los vendía. El pobre hombre le dio a la Señora Flores los pollos cuando los tenía, o pichones cuando no. Ella nunca se quejó.

Portensia entregaba el combustible para el horno metalúrgico enredado en trapos y ropa sucia en el taxi que la encontraba al final de la Calle Independencia. Hernando regresó el botín enredado en periódicos y plantas en macetas. Nadie sabía en ninguna de las casas las fortunas que eran manejadas entre ellos. Los costales, pesados con candelabros polvorientos y los pisapapeles en forma de flor de Liz se llevaron más tiempo de Portensia en ser convertidos convenientemente en monedas pequeñas. La cantidad masiva de joyas francesas de su madre, tardaron el igual de tiempo en ser convertidas.

Cuando el taxi se paró como usualmente lo hacía en frente del metalurgo, Hernando abría la puerta y tomaba el costal de Portensia. Muchas veces ella no lo miró a él cuando él puso la planta en la maceta, ó ropa limpia doblada llenas con monedas recién acuñadas, a sus pies y cerca y cerraba la puerta del taxi. "Ja," el decía, y ella se iba.

Pero un sábado cuando el taxi se paraba, Portensia empujó Hernando del camino, "Debo hablar con usted," dijo, despidiendo al taxi. La calle, normalmente ruidosa con sirvientas, vendedores de agua y carrozas, hoy solamente el susurrar de las hojas y el polvo volando – solitario y extraño, el tomó el costal de manos de ella y la dirigió adentro de su oficina.

"Hay solamente unas cuantas cosas por hacer."

"Sabe que yo guardaré mi palabra de discreción."

"Sí, así es," Portensia puso una mano encima de su corazón para sentir sus alas latiendo. "Tengo," hizo una pausa, "necesidad de..." corazón en mano Portensia estaba parada silenciosa. Hernando, nervioso por este motivo, comenzó a sacar las cosas del costal y estando nervioso, se olvidó de sí mismo. Adentro del costal encontró una bacinica infantil, una de oro, y remarcó, "En fin entiendo la Revolución!"

Portensia, agradecida por respirar otra vez, después de tocar un tema tan difícil, contestó: "Imagínese a un niño usando tan evaluable instrumento para la más sucia de las necesidades."

Él lo inspeccionó sosteniéndolo alto. "Esto es para darte un frío helado," él añadió" "Con frecuencia, ni con mimos excesivos ó engatusando inducen a que el niño s siente, ni en una nica cubierta con tela." Le dio risa esta ridiculez.

"¿Ha entrenado a niños?"

"Ah!" de repente la risa de Hernando paró abruptamente. "Estoy bien versado en unos cuantos roles de la vida." El se volvió hacia los bienes para seguirlos desempacando para el fuego derretido, volteó la espalda hacia ella, y cuidadosamente escondió la verdad. Hubiera sido impropio de Portensia haberle preguntado por mas y por eso, Hernando estaba contento: intencionalmente, no habló de Gloria. La gente pretendía que era su hermana, por el respeto a sus sentimientos (ya que todavía después de dos años, Hernando seguía llorando su pena si alguien le mencionaba a la madre de la niña, Evelyn Cuthbert, muerta al dar a luz.)

Los chismes no eran amables. Se decía que el Mexicano guapo había sido mucho para la delicada mujer Inglesa – todos saben cómo son frágil todos los Ingleses. Portensia no sabía ninguno de estos hechos. Escondida desde niña, y ahora considerada *espinosa* como para romper cristal, nadie, excepto la señora Flores, se molestaba con darle las noticias del pueblo, y la señora Flores, particularmente, consideraba a los Ingleses niños groseros, y ni siquiera se molestaba en hablar de ellos, ni siquiera porque se trataban de una de las más antiguas familias de México.

La hija de Hernando había heredado de su padre sus ojos obscuros, pero retenía de su madre la cara redonda Inglesa. La piel de la niñita se estaba volviendo más Vásquez que Cuthbert, y por su nariz recta y esos cachetes gordos con hoyitos, ella se parecía más a Hernando, más que él hubiese deseado. Gloria era una niña berrinchuda y terca, que por ser bonita y tener cara de angelito, se salía con las suyas, cuando demandaba de los criados encubrirla, cuando misteriosamente aparecían floreros rotos, ó eran cinturonados por defenderla. Los sirvientes, sabiendo como su padre la consentía, obedecían a este ser, quien sólo tenía cuatro años, como si ya fuera su ama.

Hernando, ignorante de las tendencias dictadoras de su hija, la dejaba jugar en su taller cuando el derretía los metales, y trabajaba en sus mapas geológicos. Su madre le había dado a la nieta unos tomos viejos con dibujos, y solamente con éstos, la niñita había aprendido el sonido de las letras, hacer sílabas, y lo más fascinante, preguntarle a su padre qué significaban. Pero cuando la campana sonó los Sábados, anunciando la porfiada llegada de la señorita Montelejos, nadie podía encontrar a la desobediente y voluntariosa Gloria Vásquez. La extraña y delgada señorita Montelejos, con su semblante severo, había llenado a la niña con un presagio tan pesado, que ella usualmente se desaparecía como si nada, durante las visitas.

"Quiero darle las gracias," Portensia otra vez empezó, ignorando las observaciones y mentiras piadosas de Hernando, "y pedirle por un favor más." Su voz retenía su frialdad característica, pero su estremecimiento la delataba. "Necesito un sacerdote."

Hernando se detuvo en separar los artículos que irían al horno, imaginando los varios motivos de tal petición. "¿Un sacerdote?"

"No para mí."

"¿No?"

"Es para mi madre."

Las cejas de Hernando se fruncieron.

"Ella está muerta," Portensia dijo.

"Sí, yo he oído algo de eso."

"Y todavía está en la sala."

"Aa," Hernando dijo juntando la basinica, una pulsera y doce cuchillos, y diestramente los aventó al fuego. "Ya entiendo."

"Es el olor," Portensia agregó recobrando su entereza, y de nuevo contando los latidos que su corazón daba, al expresar semejante mortificación. "Me da miedo que alguien note que ella se pudre."

"¿No es un Santo, su mamá?"

"Aparentemente no. Ella se está echando a perder y hundiendo cada día más en la cama donde murió." Portensia se llevó el dedo índice a sus labios, que eran muy delgados, y dijo: "Algún día, y más vale que sea pronto, antes de que ella necesite ser raspada de las sábanas."

"Voy a conseguirle un sacerdote," él dijo, cerrando las puertas del horno.

Cuando el sacerdote se presentó, Portensia se sentó en el gran recibidor construido de piedra, que una vez estuvo lleno de *cachivaches,* y oyó la misa en Latín. El sacerdote había venido sin compañía, a celebrar el ritual, y consagrar al cuerpo. Ella lo escuchó bendecirlo, lavarlo en agua bendita y romero, además de rezar por el viaje de su madre hacia Dios. Portensia examinó la silla de madera que tenía los brazos de descanso decorados en volutas, y se preguntó si el sacerdote le había cortado un mechón a Mariabella igual que el doctor lo había hecho. Ella se imaginaba que el sacerdote le cepillaba el pelo hacia un lado, maravillándose al tocar los rizos suaves como la cera. ¿Estarían intactos? ¿Habría chupado su sangre, el provocativo fondo morado? ¿ó habría dejado una mancho putrefacta? ¿Estarían las sábanas saturadas con sus últimas mucosidades, bilis y piel desprendida? La verdad es que Portensia nunca supo quién removió las sábanas manchadas, cerró la ventana abierta y ni siquiera quién cubrió el rostro de la mujer, ya que Portensia nunca entró a ese cuarto jamás.

Al fin, Portensia no temería otra vez por los futuros pretendientes que vendrían ó no, de la manera como lo hicieron con Mariabella. Ella escuchó como el sacerdote cantaba letanías litúrgicas que no tenían sentido, y sentada en su silla que se encontraba en el cuarto de piedra, que tenía el techo alto, se sintió segura, ya que ella había acumulado exactamente, seiscientas treinta y dos monedas de oro que estaba brillante, más trescientas cincuenta y nueve brillosas monedas de plata, y los rubíes, diamantes, zafiros, y jade en el corte favorito de su mamá: el corazón. Su carruaje personal esperándola en la casa del metalurgo la llevaría en una jornada hacia el sur y habiendo contado y recontado, Portensia sabía que nadie jamás le volvería a preguntar y esperar por la respuesta correcta otra vez. Nadie nunca más le preguntaría: ¿"Me amas?" y golpearle la cara si decía la verdad: "No. No te amo."

La mano pesada se dejó oír en la puerta cuando el sacerdote abruptamente paró su canto. Sonidos de botas arrastrando el piso, y puñaleando los pisos de cerámica, mientras que manos cuidadosas miraban adentro de las alacenas y armarios de los muebles, hombres se gritaban unos a los otros, debajo de la silla cubierta en damasco: ¿Dónde está el oro? ¿Y adónde lo escondieron? Ella se permitió una sonrisa afectada antes de levantarse y bajar la escalera, envuelta en una rectitud escalofriante.

"¿Qué quieren?" le preguntó al hombre más alto. Ella había aprendido a identificar a los

Marxistas por sus barbas pesadas y sus miradas hambrientas.

"Señora, usted debe dejar esta casa. Pertenece al pueblo"

"Muy bien."

"¿Dónde está el resto?"

"Todos se han muerto."

Los hombres cambiaron su actitud y se mostraron incómodos; habían adquirido el gesto marcado de desprecio del Socialista mucho después, y todavía no se atrevían a pegarle a una muchachita.

"¿Por qué está vacante esta casa?" preguntó el líder de estos hombres, quien sabía las artimañas de los ricos. Como ratas, los de dinero escapaban por rutas que ellos creaban, cargando en sus espaldas los frutos de sus fechorías.

"No estoy hablando a un cuarto obscuro." Portensia miró hacia arriba mirando hacia él, asombrada por sus cuatro pistolas, dos botas, voz aguda y una sonrisa encantadora. "Le digo, todos están muertos."

"Pero en dónde están todas sus cosas?"

"No tenemos cosas. Las perdimos mientras que usted estaba todavía en la universidad aprendiendo acerca de la injusticia, la represión indígena, y la hermandad. Ahora sólo tenemos estas piedras. El resto se fue en pelear en contra de los suyos, en frente de sus mismos ojos." Ella levantó su abrigo del gancho adentro del ropero y metió sus brazos adentro de las mangas. "Y ahora hasta ustedes pueden tenerlas." Los hombres la vieron caminar hacia la puerta y salirse calladamente, en temor.

"¿Qué ella no sería toda una Revolucionaria? Sí señor!" Dijo uno, y otro, preocupado oliendo el aire: "Ay caray! ¿Qué es eso que huele?"

Portensia no miró para atrás cuando entró y se acomodó en el taxi. "Señor Genaro, maneje con cuidado," y cerró la puerta del taxi aún antes de acomodarse la enaguas. "Ellos han tomado mi casa, y pido que no hayan tomado los metales fundidos." El corazón de Portensia latía tan rápido que creyó que iba a volar.

"No señorita, no ha pasado. No se preocupe."

"¿Qué quiere decir?" El miedo la paralizó y detuvo los latidos.

"Ellos necesitan al que derrite los metales. En su lugar, tomaron sus minas."

El taxi siguió su camino hasta que llegó a la casa del metalurgo. Ella no esperó al chofer del taxi, ni tocó la campana. De prisa y con atrevimiento, se metió al taller de Hernando. El estaba en su escritorio, cabizbajo, con una pepita de oro en su mano. Gloria sentada a sus pies, acariciando su amado libro con dibujos, y miró hacia arriba alarmada cuando Portensia entró.

"Hola señorita Montelejos. Un día perfecto para el fin del mundo, ¿no?" Hernando limpió sus herramientas con un trapo, sus anteojos en la punta de su nariz.

"Espero que mi carruaje no haya sido tomado por esos condenados Socialistas para la Revolución."

"No señorita Montelejos," la miró levantando los ojos. "Pero han tomado lo demás."

"¿Qué es esta palabra, papá?" La voz de Gloria penetró la mente ofuscada de Portensia, con su irritable tono. Habiéndose olvidada que la niña estaba escondida debajo del escritorio de roble de Hernando, el corazón de Portensia dio un brinco. La voz de Gloria estaba perfeccionada con el tono que atraía la atención de los adultos, molestaba a todos, menos a su padre.

"Atormentado," contestó Hernando.

"¿Y ésta?"

"Guapo."

"¿Porqué el príncipe 'guapo' está 'atormentado'?" le preguntó.

"No lo sé mi amor, ¿Tal vez él no consiguió a la princesa hermosa?"

La niñita volteó la página cautelosamente, sabiendo de antemano la respuesta a sus preguntas, una característica de bulto pesado. Cuando Hernando la miraba, no era él a quien miraba en sus rasgos, aunque eso fue lo que los demás veían – una niña consentida y echada a perder, la pura imagen de su padre – él veía a Evelyn: Evelyn arrugando las cejas, Evelyn examinando la orilla de su zapato, los ojos redondos de Evelyn en un color de café claro, como los suyos propios.

"Papá, ¿Me das un beso?"

"Por supuesto, mi amor." La levantó en sus brazos y le sopló besos a través de su bigote en contra de su piel cremosa, mientras Gloria se movía y empujaba su cara lejos de la suya con sus manitas pegajosas y calientes.

"Ellos necesitan mis habilidades, así que ellos dejaron en paz mi taller sin siquiera entrar." Hernando dijo a Portensia, mirándola por el pelo de su hija. "Pero las minas afuera de la ciudad son propiedad, ¿Qué le llaman ellos? Ordenado por el pueblo. Sí. El pueblo ahora es dueño de mis minas. Yo, entonces, no soy ni siquiera una persona."

A Portensia no le importaban las minas más que un hormiguero, ni que Hernando ya fuera un padre. Ella se encaramó en una de sus sillas que tenían mimbre en el respaldo. "¿Han tomado mi carroza? Están mi sacos de monedas todavía escondidos adentro de los asientos?"

Hernando asintió con la cabeza y bajó a Gloria de sus piernas. "Excepto las piedras en su bolsillo."

"¿Y está listo para salir a Oaxaca?"

"Está listo."

"¿Quién me acompaña?"

"Gloria y mi padre." Hernando sacó papeles del cajón de su escritorio, y se los dio a ella. "Gloria no está segura aquí, y mi padre siendo un hombre viejo y enfermo, y que no recuerda mucho, todavía defiende y dispara."

"Y usted, ¿no viene?"

"No puedo dejar mi taller. Y no quieren carrozas a la antigua." Él le aseguró muy suavemente, para no llenarla de pánico. "Especialmente con la yegua mansa y fea que estoy enganchando al frente de éste."

Portensia de reacomodó en la silla y oyó por la ventana abierta. En alguna parte cercana voces en alto refutaban una objeción, y un disparo rompió la brisa de primavera. "Hay una muchacha embarazada junto a mí" ella dijo. "¿Qué les hacen a las viudas preñadas?"

"Las corren como a cualquier otro."

"Pero la madre de ésta…no está bien, tocada de la cabeza, dicen por ahí."

"¿Es tu amiga?"

51

"Yo no tengo amigas," otro balazo, y dos más en conversación rápida.

Hernando se levantó. "Por favor, quédate con Gloria, y yo voy a ver a la panzona de la vecina." Se puso su saco. "¿Cómo dices que se llama?"

"Señora Flores. Las dos."

Hernando se fue de paso lento, como de paseo, deambulando, a través de las calles de Coyoacán, cuidadoso de que no pareciera que estaba en un negocio de importancia. Los Socialistas habían tomado la Ciudad de México por completo, y aún la pequeña villa de Coyoacán no pudo resistir. Los Revolucionarios apiñados en las esquinas alimentaban a los indios con propaganda llena de promesas. Ahora ya habría igualdad, los oyó decir cuando pasaba, esos rateros güeros nunca más darían órdenes por aquí, jamás, *ay caray. No!* La brisa levantaba un aroma a campos lejanos incendiados. Ese viejo parado ahí, amenazando con su pistola, y ellos se rieron. Se pusieron las polainas y se limpiaron sus barbas greñudas. Tomamos sus animales y su casa sin ninguna pelea, pero él se paró en esa tierra y amenazó con su pistola. Y cuando le dispararon, él se quedó ahí tirado y desangrándose. Se rascaron la cabeza abajo de sus sombreros.

La casa de las vecinas estaba quieta cuando él llegó, el portón abierto, testamento de un robo sin derramamiento de sangre. Había hombres sentados afuera y quietamente hablando de lo que ahora iban a hacer. Los hombres adentro manejaban la casa con cuidado. La casa tenía un nuevo dueño. Hernando miró a su alrededor antes de pasarse más adelante en la calle, siempre escuchando. Después de algunos minutos, vio a las mujeres caminando despacito, la viuda con el estómago alargado batallando para sostener derecha a la vieja Señora Flores. El vino atrás de ellas y tomó uno de los brazos de la señora mayor, una rama sin peso,

"Vengan conmigo," él dijo. "Espero que les guste el Sur."

A Milly Flores, Portensia Montelejos Vásquez fue la única mujer digna de admirar. Era fría, extrañamente garbosa, y le decía a la gente lo que pensaba. Milly, secuestrada desde el nacimiento a tres cuartos de la casa de la familia, e ignorante que Portensia venía de circunstancias similares, no estaba preparada para enfrentar la vida después de la Revolución sin el marido. Tan grande como una calabaza, ella le daba apoyo físico a la señora mayor, en tanto que ella físicamente podía hacerlo. Cuando Hernando Vásquez vino a llevárselas a su hogar, esa fue la primera vez que Milly había dejado su vecindario en esa parte de Coyoacán.

Así que la Señora Mildred Flores, hija de un funcionario de gobierno de mediano rango oficial, y de una actriz, arreglaba su pello y se imaginaba que alguien la notaba. Ella no poseía gran belleza, pero su madre le había enseñado desde tierna edad a vestir bien y de esto resultaron muchos amigos y pretendientes. Sus padres vivieron extravagantemente hasta que un día compararon el presente con el futuro y empezaron a ahorrar para que pudieran seguir mimando a su hija única – el último bebé nacido después de tres barones. Mildred atendía a sus flores exóticas y a sus pájaros tropicales, leía a Ovidio y a Platón (aunque no les entendía nada), escribía poemas a la naturaleza al estilo de Lord Byron, y en Inglés; y se entretenía pintando al óleo. Su padre planeaba enseñar a Milly manejar su nuevo Mercedes-Benz Roadster cuando lo mataron, y su madre nunca se recuperó suficientemente para cuidar a nadie más, así que Milly se casó. Su marido no era ni listo ni amable, así que cuando murió, a ella ni le afectó.

Pero fue cuando sus hermanos más grandes se unieron a su marido y padre que Milly fabricó una tumba para su corazón y trató de dejarlo enterrado. Admiraba a Portensia principalmente porque ella no tenía corazón.

"¿Es esta la joven y la señora mayor?" Hernando le susurró a su vecina espantada.

"Sí, son ellas." Se hizo venir la voz más fría de hierro que Milly nunca había oído. "¿Vas a ser una molestia en este viaje?"

Ella movió su cabeza, temblando. ¿Qué haría este palo si ella llegara a ser 'una molestia'?

"Espero que ese sea el caso." Portensia continuó. "Ustedes esperaran a tener dónde acostarse hasta que podamos comprar una casa en la Ciudad de Oaxaca." Portensia agarró el codo de Milly, y la miró plenamente en toda la cara. "¿Me entendiste?" le preguntó calladamente.

"¿Pero cómo va a evitar ser una molestia si ella empieza antes?" dijo la señora mayor por atrás de ellos.

Portensia siguió mirando a Milly y frunció un poco. "¿Acaso ella no tiene voluntad? Si ella no puede hacer a la creatura que obedezca ahora, ¿cómo es que espera hacerlo en el futuro?"

"Me amará" a Milly se le dejó escapar y balbuceando asustada, lloraba todo al mismo tiempo.

"No seas tonta," Portensia dijo, y indicó que se subieran a la carroza.

Cuando el bebé insistió en nacer en la madrugada del siguiente día, las señoras Flores no sabían nada de eso. La ruca empezó a gritar por agua, vendas, una manta, por su nana, hasta que Portensia la abofeteó y la silenció.

Milly sufría con cada deformidad en el camino y l se le resbalaba el sudor en su frente, pero cuando ya no pudo contener sus gritos escondidos, Portensia golpeando el techo de la carroza para que el padre de Hernando se parara, le pregunto: "¿Señor, qué sabe usted de traer niños al mundo?"

"Ay, niña, lo único que yo sé de traer niños al mundo es que los hombres fuman puros y esperan a la partera, ó si la madre aprueba, pagan por un doctor"

"Qué," la joven señora Flores pasando saliva con trabajo, le preguntó jalándole la falda, "¿qué pasa ahora?"

"Tú y ese tonto nacimiento de ese bebé tuyo, quien no sabe suficientemente para esperarse hasta que compremos una casa."

"No puedo," ella empujó, "hazlo aquí!"

Portensia miró a su alrededor y sólo vio hectáreas llenas de zacate y naturaleza. Notó una casa de campo rodeada por palmas altas, a un kilómetro de distancia. "Señor Vásquez," ella lo llamó, "¿Puede llevarnos a esa casa?"

"Trataré," le contestó a Portensia, mientras que ella estaba haciendo todo lo posible por aplacar a la futura mamá, quien mugido como vaca del dolor. Se fueron saltando en el camino hasta que el señor brincó de la carroza y golpeó la puerta de entrada de la casucha. Una mujer abrió la puerta, limpiándose la manos en su delantal deshilachado, pero limpio. "Tenemos una emergencia aquí, señora, me da pena molestarla." Apenas que el Señor empezara a hablar, cuando la mujer le apretó con la mano el estómago a Milly Flores.

"Ya viene pronto. Tómela de los brazos, ella debe venir aquí adentro – que es donde tengo la medicina.

La mujer se cambió el delantal y roció agua bendita en el piso donde Milly Flores estaba acostada. Prendió velas a los Santos y le cantó a la virgen mientras que le soplaba a la muchacha en la cara. El aroma de romero quemado y vela prendida, la calmó. Sus ojos estaban enfocados hacia dentro. Milly Flores se preparaba para dar luz a su hija.

La noche descendió en la planicie desértica, las primitivas velas hechas de grasa de animal, no daban muy buena luz, y eran humeantes. Creaban sombras en contra de las paredes rudimentarias de madera, de esta casa campirana. Guardando una distancia segura, adentro de la carroza Gloria se refugiaba en los abrazos de su abuelo y sobresaltaba cada vez que Milly gritaba salvajemente. Portensia se encargaba de la Señora mayor Flores, que todavía balbuceaba por agua hirviendo y ropones de bautizo, contándole a sus hijos y esposo muertos acerca del bebé que habría de nacer pronto. La partera tenía las manos agrietadas pero firmes y seguras, presionando el vientre de Milly y masajeando el canal de nacimiento – de la misma manera que seguramente hizo muchas veces antes con las yeguas y las cabras.

Cuando la dilatación dejó ver la cabecita y Milly dio el último empujón, la mujer envolvió al bebé lleno de vida en un vestido viejo de su madre y la proclamó sana. Milly besó a la creatura y la nombró Juanita, como su padre, antes de caer en un sueño profundo.

En la mañana, en cuanto los gallos cantaron y la luz inundó la hacienda solitaria, la mujer le dio a Portensia una canasta con huevos cocidos, y una barra de pan que había sido horneada al fuego abierto.

"Vayan con Dios," dijo, y se movió hacia atrás mientras observaba a la carruaje continuar en el camino polvoso hacia la Ciudad de Oaxaca.

El camino continuó por otros veinticinco kilómetros, y ahí, en la distancia, el sonido sonoro y profundo de las campanas de Santo Domingo resonaba su proclamación del día domingo. En un hotel ubicado adentro de las paredes de la ciudad antigua, Portensia se sentó a observar como Milly y su recién nacido, la fatigada y resentida Gloria, y el abuelo viejo, descansaban ó dormitaban en catres y camas angostas. Cuando ella se dio cuenta que todos ellos estaban dormidos y roncando, sacó una de las joyas de su madre y la examinó en la luz. Brillante y perfecta, ella sabía que le abriría algunas puertas.

"Compraré esta casa," Portensia dijo el próximo semana, cuando ella y Milly se paseaban con sus parasoles con encaje, y sus recién comprados vestidos parisinos elaborados de seda lavada y frivolito. Las campanas de la catedral cantaron con toda sus fuerzas atrás de donde ellas estaban hablando, y el hombre que las escuchaba se protegía la cara del sol del mediodía cuando se soltó una carcajada.

"Es del pueblo," le dijo cruzando los brazos.

"Por treinta mil pesos en oro y joyas, es mía."

El hombre reconsideró esta mujer loca. La casa no era grande y daba a la calle – un domicilio muy público. Dentro de la vista de Santo Domingo él sabía que nunca se saldría con las suyas si se quedaba a vivir adentro de sus paredes sólidas.

"Usted me la venderá a mí," concluyó una Portensia desafiante. Y continuó "Usted me hará un contrato de venta para el efecto." Ella tomó una de las joyas de su madre – una esmeralda de un verde muy brillante, del tamaño del puño del bebé de Milly. "Seguramente usted conoce a alguna muchacha quien le apreciará su generosidad a una mujer mayor, dos viudas y una potrilla." Esta era una época llena de muchas viudas, y ciertamente, nadie se molestaba en corroborar.

"Siento mucho oír acerca de sus esposos, Señora," el hombre contestó, tomando la joya y sus explicaciones., "y permítame darles personalmente la bienvenida a la Ciudad de Oaxaca."

Cuando Hernando llegó inesperadamente, cuatro meses más tarde, la simple de Milly sólo pudo en seguir zurciendo los calcetines de su bebé, con mirada cabizbaja y apenada, pero Portensia dijo, "¿Y, tú qué?" escondiendo sus calcetas adentro del sofá. "¿Qué?- ¿Qué entonces no vimos tu cara por última vez?"

El sostuvo su sombrero en su mano y se encogió de hombros mientras que Gloria se enredaba alrededor de sus piernas. "Al final, terminaron también, quitándome el taller. Pero," y tomó aire y con una mueca dijo: "He revivido aquí como mi primo Ernesto, el primo con las minas de Sur."

"¿Y cómo explicarás tu conversión milagrosa? ¿Es acaso que tu primo es un toro, que nadie notaría?" Portensia levantó una ceja. "Ciertamente, este conveniente primo querrá la riqueza de sus minas."

"Afortunadamente, no tiene uso para ellas. El habita en una parte más rica. Aparentemente, las calles son de oro y las puertas emperradlas."

"¿Y es unos grados mas calientes?"

Hernando se soltó una carcajada. "Entonces ninguna cantidad de oro ó plata lo ayudarían – el diablo no puede ser comprado a tan barato precio."

Portensia se levantó y se jaló en las manos sus guantes de piel de cabra. "Ven," le indicó a Hernando, mientras que sus faldas angostas de seda se frotaban en contra de sus piernas de espiga. "Hay un asunto privado que quiero discutir."

Hernando se agachó para asegurarle a su hija, cuando ella gritó con frenesí su miedo que su papá la iba a dejar otra vez. "Mi amor," trató de engatusarla, "Ahorita regreso, y cuando lo haga nos sentaremos a leer tus libros, y quizás tomemos té con tu muñeca. ¿Hmm? Sólo permíteme un momento de conversación con la Señorita Montelejos."

Gloria, llena de odia hacia la Señorita Montelejos, hizo los ojos chiquitos, pero aceptó su proposición. Dejada con el bebé lloriqueando y la todavía gorda Señora Flores, arrancaba fibras del brocado del asiento de sofá de la sala hasta que le hizo un hoyo, y su sentido de injusticia fue ligeramente aplacado.

"Todos creen que eres una viuda," Hernando le dijo esa tarde cuando estuvieron a solas en el jardín.

"y ellos pensarán que tú eres Ernesto Vásquez," Portensia le contestó.

"Sí, los dos tenemos la misma preocupación. ¿Qué tal si alguien de nuestro círculo en Coyoacán se nos une?"

"Eso es simple. Nadie me conocía – Era un fantasma y solo ahora voy naciendo."

"¿Acaso alguien de Coyoacán conoció a tu primo?"

El pensó hacia sí mismo, desenrollando los cortos años de su vida. "No," concluyó.

"Así que, dirás a la gente que ahora que la Revolución terminó, prefieres el nombre de Hernando, porque como que es un nombre del pueblo. 'Ernesto' no suena con la realidad, después de tanta muerte violenta. Eres un hombre nuevo, como si lo fueras. "

"Eso es demasiado largo de explicar a la pasada," él señaló.

"Sí, pero ya conoces a los Marxistas – ó usan muchas palabras, ó te dan con la pistola. Sé uno de los que hablan mucho."

"Ciertamente."

"Bien, entonces, felicitaciones. Eres un imperialista en ropa Marxista."

El sonrió. "Yo me veo a mí mismo como un capitalista."

"He visto las ineficiencias de tu taller: sangra pesos para ser vendados por más pesos. Tú no eres un capitalista."

"Bueno," Hernando se paró para saludar su mano como los hombres lo hacían. "Entonces te agradezco por tu punto de vista objetivo. Me voy para atender a mis minas."

Entonces ella lo dejó ir porque ella le tenía miedo. El era un peligro para ella. Su calidez amenazaba su propio control; ella le temía a sus sonrisas encantadoras, el cómo era de fácil de llevarse bien con él, y el simple amor que le tenía a su hija. Cuando Hernando regresó nuevamente de sus minas del Sur, cargaba un borrego entero en su espalda. Era la Pascua, y como tal ellos la recordaban, que en ésos días, Jesucristo asimismo, también la celebraba, como era explicada en el libro Éxodo. Portensia vio que el regalo sin lana cupiera en su cocina, y la cocinera joven, quien caminaba detrás del madrugador de Hernando, y no calculando su velocidad, la tropezó con nerviosismo.

"¡Quítate de mi camino, cerebro con piedras! ¿Porqué esto está aquí?" dijo señalando a la muchacha.

"Es tu regalo de Pascuas," Hernando replicó.

"¿Eres estúpido, ó cruel?"

"Ni lo uno, ni lo otro."

Portensia llamó a la muchacha, quien se las había ingeniado para meterse en un rincón, y le apretó sus brazos. Oliéndola, sin encontrar olor a podrido, ó signos de pereza, dijo, "Esta es la mera."

Cuando Hernando vino la próxima vez, era una proposición lo que cargaba en sus espaldas, y se matrimoniaron al siguiente domingo.

"No lo amo," le dijo a Milly Flores cuando se arreglaban para la Catedral, "pero es un hombre amable que tampoco me ama. Debemos usar nuestros recursos; la Revolución nos dio vidas nuevas y ese comienzo no lo podemos transmitir a otra cosa viviente." Milly Flores solo asintió con la cabeza y arregló el velo de Portensia.

"Nuestro matrimonio es una exportación," Portensia continuó, "y porque él todavía está enamorado con la sombra de la madre de su hija, no será una yunta sobre mi cuello. En su lugar, Hernando hará las cosas más fáciles para nosotros aquí en la Ciudad de Oaxaca, Milly. El hecho que es hombre nos permitirá a nosotras la libertad de movimiento y el respeto que tanto necesitamos."

Con la cabeza aún más cabizbaja, Milly Flores lloró una lágrima: por el corazón roto de Hernando, por la frialdad de Portensia en su manera de pensar, por su propia soledad en las horas profundas de la noche.

Cuando él no estaba en sus minas del seco campo de Oaxaca, Hernando Vásquez se sentaba en la sala de su casa modesta, pero que su esposa había decorado con regalía. Oía el gramófono que recientemente Portensia le había comprado, observaba a Milly atender a su bebé y a su hija leer a sus pies; pensaba en máquinas de escribir.

Fue durante la el tercer año de la Revolución que Hernando Vásquez se sentó en el patio y trató de matarse por una mujer. No había llovido por 84 días y las moscas estaban bravas. En esos días, la gente mayor murió sin mucho llamar la atención, suspirando por los "viejos" tiempos, sentados en grupos jugando Dominó, ó con los pies sumergidos en bandejas llenas de agua. Hernando no pudo creer que difícil era la muerte. Sólo hacía unos meses que su vecino se había caído muerto de repente en su jardín, y que había empezado a maquinar su propio atento. Hernando se agarró el pecho por la abertura del botón de su camisa y gritó en dolor. Matarse debería ser más fácil que este dolor, el pensó. Quizás si él mismo se expusiera más al calor del sol, pero no. El se sentía que era, desafortunadamente, un buey – un buey torpe que nadie amaba.

"Ay mijo, ¿qué estás haciendo aquí, y con tu camisa desabotonada? ¡Qué desgracia!," dijo el cocinero agachándose a recoger al joven postrado en el suelo, y le metió un escobazo. "Lo que sea que está chueco que espere hasta más tarde."

Hernando suspiró intensamente desde el fondo de su torturado corazón, y se movió al otro lado de la escoba del cocinero.

"¿Quién es la vieja?"

Hernando se sentó al oír la pregunta. "¿Cómo sabes que es una vieja?" le preguntó con suspicacia.

El cocinero se encogió de los hombros y siguió barriendo. "Obviamente es una vieja con todos estos suspiros y acostándote en el suelo."

"¿Y?"

"¿Y tú te estás provocando insolación por tal vieja?" El cocinero le preguntó, haciendo sonidos con su boca para avergonzarlo.

"¿Y?"

"¿Y?, Es una tontera, Señorito," él hizo sus observaciones mirando a la escoba.

"Te voy a romper en pedazos esa escoba, si me vuelves a tocar con ella otra vez," Hernando dijo enojado y empujando al cocinero de su paso.

"¿Y?" El cocinero levantó los hombros, "Nomás me voy al mercado y la marchanta me hace otra, y ya se me hizo tarde para la comida de tu madre."

Hernando bostezó. "Es la inglesa," dijo, inspeccionando el comienzo de su primera barba completa. Las orillas no estaban todavía completas. Era la cuarta vez que él se afeitaba con la esperanza de que el crecimiento se emparejara. El cocinero comenzó otra vez con su barrida, dejando a Hernando en contemplación de la única mujer inglesa en todo Oaxaca.

Ella se llamaba Evelyn, y además de ser la única mujer inglesa, ella también operaba la única máquina de escribir que la gente jamás había visto. Era una hermosa máquina de escribir: delgada, negra y funcional. Hacia un mes que Hernando había conocido a la inglesa en un funeral con los vecinos, el del hombre que se murió azotando el suelo. Ella oyó la historia que la perturbó – que alguien muriese tan en paz y rodeado de sus rosas. Sus mejillas color de harina blanca estebaban enrojecidas y sus ojos azules se llenos de pena por un hombre al cual nunca conoció. Ellos se sentaron muy próximos el uno del otro, durante la misa. Hernando la observó sacar un pañuelo muy delicado y sonarse la nariz, su fina nariz, enfrente de él. Era un gesto simple, pero a la vez, hecho con gracia. Ella lo guardó adentro de su manga, y continuó con su sufrimiento – y él la amó desde ese momento.

Hernando trató todos los métodos de introducción. Los Vásquez conocían mucha gente en la industria del oro, siendo ellos asimismo, mineros. Sin embargo, y de alguna manera, la gente que ella conocía, la protegían a toda costa. Una presentación era imposible. El dejó varias tarjetas de presentación a la puerta de su casa, le hasta le pagó a su sirvienta para que le mencionara su nombre casualmente, en la conversación. En otra ocasión, casi le tocó el hombro cuando se la encontró en la calle, y cuando ella se volteó, él se escondió detrás de una puerta para que ella no lo viera. Hernando se encontró asimismo, soñando con ella, nadando en una alberca llena de sus lágrimas bajando por encima de sus senos blancos como la leche, subido en una lancha del color castaño de sus pestañas. La vio con un ojo nuevo de su imaginación, y le dolió el amor por ella antes que le ganó el sueño. Sus estudios en la ciencia de la metalurgia estaban atrancados en un callejón sin salida, ya que cada vez que vio tierra, vio su presencia por todas partes y fue a buscarla. Su tío se preocupaba por el estado emocional de su sobrino y su madre, secretamente le dio una limpia a su cuarto con ramitos de romero. Hernando podía sentir el tremor de un temblor a cinco kilómetros de distancia, pero no pudo sentir los latidos de su corazón a causa de ella. Era Evelyn a quien él necesitaba.

Y así fue que, torpemente fue interrumpido de matarse por una mujer, por un cocinero chismoso.

"¿Y qué es tan maravilloso acerca de esta tonta inglesa?" el cocinero le preguntó.

Hernando se sentó y empezó a abotonarse la camisa. "No espero que un hombre que hierve cabezas de pollo entienda el amor frustrado."

"Porque hiervo cabezas de pollo, ¿yo no entiendo el arte de conquistar a una mujer?" el cocinero recargó al lado la escoba y se acercó al joven. "Yo no sé los rituales de conquista de los ingleses, eso es cierto, pero sí sé cómo hacer para que una mujer se olvide de su lengua nativa."

"¡Cómo de atreves!"

El cocinero miró arriba de sus hombros tramando una treta y empujó a Hernando de vuelta a la banca. "Siéntate, tú, niño tonto." El cocinero lo miró profundamente en los ojos, y dijo, "Hazle un favor," y se enderezó esperando una respuesta.

"¿Qué fue lo que dijiste?"

"Un favor. Aparécete en un momento apropiado para dar asistencia. Gánate su gratitud."

"¿Con qué propósito?"

"Una mujer no es una bestia indefensa. Ellas son trabajadoras, y a menudo, nosotros los hombres ignoramos sus labores de nuestras mujeres. Así te lo digo, muchacho, ellas trabajan como deben."

"Mujeres de nuestra clase no trabajan."

"¡Niño menso! Todas las mujeres trabajan, y todas las mujeres están a cargo de sus responsabilidades silenciosamente, como buenas Cristianas. Es la admiración lo que motiva a una mujer. Fíjate en sus obras y ayúdala por un momento, sin que te intruses en ellas, y no solamente ganarás su atención, sino también su respeto. Una mujer siempre recuerda al hombre que ve lo que ella vale." El experto cocinero se sentó y recargó, y se frotó los ojos. "Y también, ve a la iglesia."

"¿Me estás diciendo que esto requiere la voluntad de Dios?"

"Yo nomás digo que no te puede hacer daño."

Y fue así como Hernando atendió misa cada mañana por todo un año. Cuando caminaba sobre las calles empedradas, él seguía las vibraciones de Evelyn. Se imaginaba, ella esta ahorita en la Tabaquería. Tienen lo que ella necesita, pero está abajo del mostrador. Ellos lo apartaron, específicamente para ella, de antemano. De ahí ella se fue al Correo. A lo mejor tiene cartas de Inglaterra. Ahora está con el carnicero. Le están diciendo que no hay carne de res, y que alguien le va a envolver los tres muslitos de pollo que va a comprar en su lugar. Le acaban de decir que toda la carne de res se la llevaron para los Revolucionarios. Hernando se la pasaba soñando.

A Evelyn Cuthbert no le importaba la Revolución – había guerra también en su país. Tampoco se quejó por la falta de carne ni lloró por los soldados muertos. Tampoco le afectaban los rifles a la luz en la plaza, ni los agujeros de balas en los edificios. Ella vino a la Ciudad de México escapando de la guerra en Europa, para encontrarse una nueva, y descubrió que no le afectaba. No, a Evelyn Cuthbert no le importó la Revolución. Ella solamente lloraba por la muerte de los inocentes; oír el hombre que azotó en su jardín, por los burros que eran abusados con cargas extras, y cuan ando ocasionalmente, un pájaro por accidente, se tragó veneno destinado a las ratas.

Fue su madre la que le sugirió que se viniera para México. Ella temía por el futuro de Evelyn en una casa sin protección de ningún hombre. Consejo ó dinero. Los días se convirtieron en semanas. Se quedó sin manejar su coche por la falta de combustible, sin empleo porque no había más papel, y un día la carnicería no tuvo carne por la Revolución. Entonces se dio cuenta que llevaba dos años fuera de Inglaterra.

Curiosamente, los planes de su madre no habían sido en vano. Hombres buscaban tener su mano – ricos, jóvenes, viejos, y los perfumados con talco de olor. En sus mejores galas, la halagaban y le hablaban suavecito; le traían azucenas y chocolate que les costaba un ojo de la cara, y además, se pintarrajeaban las palmas de las manos con poesía que copiaban de los libros. En Inglaterra, Evelyn era la hija del dueño de una tienda y había aprendido la habilidad de escribir a máquina cuando ayudó a su padre con la contabilidad y la correspondencia. Ningún hombre en Inglaterra, usando el ridículo y pasado de moda "frock" y llevando sombrero de copa, se hubiera dignado dirigirse a ella. Pero aquí la Señora Ramos vino con otra tarjeta de presentación y proclamando lo poco que valía la pena el tal pretendiente. Siempre venía nervioso y sudoroso el primer día. El traje de lana mojado y el cabello engrasado, y así presentaban sus intenciones matrimoniales, que era lo que más la divertía. Evelyn no se consideró ni nadie, ni de alta sociedad.

Después de todo, era la hija del dueño de una tienda. Pero, de alguna manera aquí en México, una ciudad colonial llena de fuentes y monasterios, Evelyn fue la joven más pretendida entre todos los contrincantes. Ella sabía que podía escoger a su antojo, pero también ella tuvo gustos muy particulares acerca de la vida. Ella no escogería un hombre que se sintiera tan apreciado como un gallo de pelea, sino un hombre que reconociera que una esposa que trabajaba, era valiosa. Ese sería el hombre que ganaría el corazón de Evelyn Cuthbert. Y fue así como la hija de un inglés comerciante estaba esperando en la carnicería para comprar carne, para sólo escuchar que no habría más carne fresca, hasta nuevo aviso, y que si ¿le gustaría algo de jamón salado?

Y no fue que también después de un año de oración ferviente, que Hernando Vásquez pasando por la misma carnicería que oyó a Evelyn decir en tono sonoro y en español gramaticalmente incorrecto replicar, "¿Carne salada para el pasado mes, otra vez? Supongo que nosotros habremos de morir por la Revolución, ¿También? "

"Señorita, no tengo palabras suficientes para disculparme. Está más allá de mi control." El carnicero se disculpó haciendo una cara de auxilio, atrás del mostrador vacío de carne. Carne curada colgada en ganchos del techo, y cajas conteniendo patas de puerco encurtidas y patas fritas de pollo era la única mercancía disponible, y ciertamente nada fresca.

"Bueno, pues no hay nada qué hacer," dijo Evelyn suspirando, y entonces ella notó a Hernando. "Oh, mis excusas por favor, Señor," ella se dirigió al carnicero.

"Yo también estoy buscando por algo fresco," le dijo Hernando al carnicero también.

"Y a usted también le digo lo mismo. Todos estamos buscando por algo fresco," el carnicero les contestó.

Hernando se rió y saludó a Evelyn haciendo reverencia con la cabeza. "Verdaderamente nada queda qué hacer. Por favor," señaló hacia la puerta. "Después de usted." Cuando ella se estaba volteando, Hernando rápidamente se limpió el sudor en la parte de atrás de su cuello. Ahí, en ese momento, sintió la presencia de Dios. Esta era la respuesta a sus oraciones – ésta y la del insistente cocinero.

"No hemos sido presentados," Hernando comenzó, "mi nombre es Hernando Vásquez, y creo que estamos en la misma industria."

Evelyn puso una expresión de interrogación. "¿Usted opera también máquinas de escribir?"

Hernando se carcajeó otra vez a su gusto, maravillado por la falta de tensión. "Ah, no. Trabajamos para gente que extrae oro."

"Oh, eso. Sí." Evelyn miró alrededor buscando el carruaje más cercano, pues sus compras estaban hechas..

Hernando sintió que la joven hermosa pronto se desvenaría, y se jugó la única carta que él tenía. "¿Sabe Usted?" Le dijo en tono conspiratorio, caminando por el empedrado. "Nosotros tenemos carne fresca." Ella arrimó su cabeza cerca a la de él, siguiéndole el juego. "¿De veras?"

"Sí, de veras. Es un secreto de Los Vásquez que solamente compartimos con los invitados a comer."

"Y este secreto – ¿rebuzna, grazna, gruñe, ó muge?"

"¿Rebuzna? ¡Ciertamente no! Ambos graznan y gorgorean. Es un secreto lleno de talentos. ¿Quizás le gustaría visitarnos?"

Evelyn sonrió, divertida por este joven quien se abstenía de convenciones con su franca y juguetona manera de ser. Así fue conquistada – por su camaradería, la cual ella extrañaba. La que le hizo sentir otra vez ser la empleada de tienda, refrescantemente, una cosa normal de ser. "Será un placer. ¿Puedo traer alguien que me acompañe?"

"Por supuesto," Hernando le contestó, sintiendo que el mundo entero giraba a sus pies. El era completamente otro: alguien suave y con recursos, y completamente diferente al día anterior. El mismo se observó conseguirle un carruaje y ayudarla a subirse en él. El escuchó dándole la dirección de los Vásquez y acerca más chiquito cuando ella dijo, "¡Adio!" desde dentro del carruaje ya en marcha, y quitando la letra "s". Y entonces, sintiéndose él mismo otra vez, se volteó, y corrió hacia su casa, con todo y zapatos de suela fina de piel, lo mejor de su padre, y ahora de él, cacheteando el pavimento en frenesí.

Después de dejar la refinada casa de Portensia Montelejos en la Ciudad de Oaxaca, y habiendo besado las mejillas llenas de lágrimas secas de su hija, y la mano dura de su esposa, Hernando abordó el tren que lo llevaría a las minas del sur, heredadas por un primo que sólo conoció muy brevemente. Miró su reflexión en la ventana de su asiento y pensó en Evelyn Cuthbert, hace ya pasados muchos años, sentada en su oficina de Coyoacán trabajando en su L.C. Smith máquina de escribir portable.

La Ciudad de Oaxaca, México, 1925

En los días de escuela, Gloria Vásquez y su media hermana Teresa Montelejos caminaban la media cuadra al colegio del Convento, juntas. Sus barriguitas llenas con aceite de castor, huevo frito y una taza de café negro. Sus brazos llenos con tarea de la noche anterior, y cada una llevaba su almuerzo en una cubeta de hoja de lata. Portensia había dejado muy claro que siendo Gloria la mayor, era responsable por el éxito escolar de Teresa, e inevitablemente, le pegó cuando Teresa no pasaba en sus lecciones. No es que Teresa era tonta – era que cuando la monja irlandesa empezaba a explicar las tablas de multiplicación, la vista desde la ventana era más atractiva.

Gloria recibió los golpes y manazos del abuelo Vásquez, que la linchaba con su cinturón de cuero, y decidió adentro de su pechito, ver que la buey de su hermana no deseada, sufriera de alguna manera. Ella tramaba varias formas de hacerla sufrir mientras que se recuperaba en la terraza sin cena y con las tripitas sonando de hambre. Su impotencia le llenaba la mente con toda clase de artimañas que eran creadas y abandonadas, una tras otra.

Gloria hizo el hábito en robar de Teresa, páginas completas de tareas, y laboriosamente escritas junto a la luz de la estufa en la cocina – después le arrancaba las páginas y convirtiéndolas en una pulpa fina, rellenaba con ella las infantiles muñecas de Teresa. Esto por supuesto, ocasionaba más golpes para Gloria, cuando las monjas mandaban recados a la casa por los grados bajos de Teresa por la falta de presentar las tareas, pero el momento de placer que sentía, cuando la cara de vaca salía en los rasgos de expresión cuando su hermana registraba la pérdida de todo su esfuerzo, enfrente de la monja, de verdad que valía la pena.

De todos modos, ella seguía entreteniéndose pensando, aún cuando la recamarera le aplicaba ungüento en sus piernas hinchadas, después de la cinturonada, que debía de haber una manera de atormentar a Teresa, que tenía que ser un secreto y dejarla inocente.

A través de estas maquinaciones fue que Gloria conoció a su nueva cocinera, Concepción.

Había sido una noche de verano que atarantaba. El aire húmedo no se movía del centro de la ciudad, sofocando aún a los niños más activos, y Portensia se había ido a ver a Juana Flores que estaba enferma con Paperas. Su padre estaba todavía en las minas del sur y Gloria esperaba ver a Portensia cada noche, pero Hernando, sólo vino a su casa en la Ciudad de Oaxaca, en domingo.

Dolores, quien había cocinado para la familia por muchos años, había estado en la cocina hasta la merienda, cuando ella se iba a ver la hijo del Químico, un muchacho indio, quien recientemente había sido aceptado en la universidad. Gloria odiaba a Dolores, a quien prefería a su enfermiza media hermana, y que le gustaba hornear tartas y postres azucarados, capirotadas y charamuscas, solamente para Teresa. Como dos ratones adentro de la alacena, ellas cuchicheaban de los vecinos y lamían la mezcla de sus dedos gordos, con sus frentes brillosas con sudor, ya que la estufa continuamente era calentaba en todas las estaciones del año.

"¿Porqué estás tú siempre aquí?" Gloria se quejó con Teresa, "Dolores huele a cebolla."

Teresa levantó los hombros. "Me gustan las cebollas," ella le respondió.

En el día fatal cuando Gloria fue a buscar a Teresa y encontró la cocina vacía, la estufa enfriándose poco a poco, se sentó en una silla de madera para planear su venganza. Siempre alerta de las estrictas reglas de Portensia, Gloria trató de imaginar cuál ofensa provocaría el despido de Dolores. Si alguien sabía que había en el interior de Portensia, era su hijastra. Nadie conocía a Portensia Montelejos tan bien como Gloria la conocía. Nadie tomó tanto tiempo desde su temprana vida, como los hizo Gloria. Siempre observando los movimientos de Portensia, y analizando el significado de cada uno de ellos, y guardando información para ser usada más tarde, cuando se

79

necesitaba. Definitivamente, nadie odio más a Portensia Montelejos que Gloria Vásquez.

Por ejemplo, Gloria recordó la manera de poca estima que Portensia usaba cuando hablaba de varios hombres poderosos de la ciudad, y abiertamente quejándose de sus sobornos, corrupción, y desfalcos. Cuando su padre había preguntado qué se debería hacer acerca de ello, Portensia respondía, "Eso a mí no me toca decidir; yo puedo vivir mi vida sin preocuparme por la de los demás."

Hernando se reía de su mujer, a quien no le importaba que los hombres abusaran su poder. Pero una vez que a Teresa se le olvidó dejar el caballete en la clase, y lo trajo a la casa por olvidadiza, y andar siempre en las nubes – una infracción por la cual fue severamente castigada por su propia madre, Portensia.

"Pero mamá, se me olvidó" dijo gimiendo.

"El olvido se acuesta en la panza del diablo, Teresa," Portensia ya había dicho.

Era satisfactorio ver a su madrastra castigar a Teresa, Gloria reflexionó. Y fue entonces que la mirada de Gloria se movió desde sus manos entrelazadas hasta el mandil de Dolores. Ahí, en uno de los cajones, medio abierto, había un paquete de levadura. El delantal colgado en la percha, la levadura en el cajón, y el anocheciendo, todos conspiraron con Gloria en su corazón.

Las acusaciones de robo provocaron lágrimas de inocencia en Dolores, cuando Portensia volteó a la cocinera al revés y al derecho cuando descubrió el paquete de levadura en la bolsa de su delantal.

"Pero Señora," Dolores lamentaba sin que Portensia le creyera, "Yo no sabía que la levadura estaba en mi bolsa."

"Además de ladrona, mentirosa," dijo Portensia con el humo saliéndosele de la cabeza. "Nomás falta que me digas que un viento traicionero llegó aquí."

"¡Le juro por la Virgen, que yo no tomé esa levadura!"

"Ay Dolores – ¿ladrona, mentirosa y ahora blasfemando?" Portensia recalcó fríamente, "Los Santos están llorando."

Teresa también abogaba por la causa injusta de Dolores, pero Portensia cerró la oreja, y contrató a Concepción, una mujer india de muñecas delgadas.

"Lo que necesitamos es una criada mayor," Portensia decretó, "Una que sabe cómo detener su lengua y contener sus dedos fuera de la alacena de la familia."

Concepción vino a ellos del mismo campamento en donde Hernando corría sus minas, y convocado por Portensia, la misma noche en que Dolores fue despedida. La cama envuelta en un rollo y el morral color rojo de Concepción, estacionados en el cuarto de servicio antes ocupado, y recientemente evacuado por Dolores, era a la vez sospechosos y tentadores.

Fue Gloria la primera que le habló a ella, de los latigazos de la semana pasada todavía vivos en su pecho, y de Teresa escapándose a la casa de la tal María Eugenia, una mujer mayor.

"¿Tienes algo de utilidad en esa bolsa tuya, hecha de trapos viejos?" le preguntó a Concepción, parándose en el piso de la cocina y cerca de la puerta, para un escape seguro.

"La utilidad depende en la necesidad, mi niña," Concepción le respondió sin voltear a verla.

"¿Te puedes deshacer de mi hermana?"

"¿Porqué habría yo de hacer eso?"

"He oído que eres hechicera."

Concepción se volteó, sosteniendo las cabezas de ocho brócoles tiernitos. "Pues yo he oído que tú eres *la-sabe-lo-todo* echada a perder."

"Así que, nos entendemos en la misma plataforma." Gloria aseveró con felicidad.

Concepción sonrió, las múltiples arrugas de su cara se levantaron con entretenimiento. "Tu hermana es una mascota dócil en esta casa. ¿Para qué nos deshacemos de alguien así?"

Gloria dobló sus brazos y sentó a la orilla de la estufa fría. "¿Puedes traerte a mi papá?"

Concepción se volteó a sus pilas de verduras crudas para la sopa caldeada.

"Sí, y más, pero tú, ¿Qué no quieres aprender hacer éstas cosas?"

Los ojos de Gloria se hicieron chiquitos. "Entonces, tú si eres hechicera."

Concepción encogió sus hombros ancianos, y dijo: "¿Eres tú acaso La Inquisición?" Cuando Gloria hoscamente rehusó hablar más del asunto, la anciana agarró un cerillo y encendió la estufa, más rápido que lo que Gloria podía correr.

"¡Ay, viejita rápida!"

La anciana, ahora, hombro a hombro con Gloria, se carcajeó plenamente en su cara. "Ven cada noche cuando cocino la cena, y veré que aprendas lo que quieres saber."

"Las niñas bien no aprenden a cocinar de la cocinera," dijo repitiendo como perico lo que Portensia había opinado muchas veces. "Son mandadas a París."

Concepción suspiró y se limpió los ojos. Luego la anciana se agachó a tallar a las papas en el fregadero. Con su espalda volteada, expresó con énfasis: "¿Quién dijo que aprenderías a cocinar?"

"He oído que tú te la pasas con María Eugenia." Portensia dijo con voz severa y desconcierta con enojo.

Teresa encogió los hombros en cumplimiento. "Está tan sola en el hotel." Y suplicando, "¿Qué mal hay en repartir la alegría de Dios?"

"Ella no tiene ningún negocio haciendo amistad con una niña de sólo doce años." Portensia dijo plenamente, moviendo su cabello hacia un lado, ayudando a los dedos ágiles de su hija. "Las dos somos de la misma edad. Es una desgracia mantener esta amistad."

Teresa terminó de abotonar el vestido de traje sastre de su madre, y le sonrió en el espejo. "No hace daño, mamá." Su voz era suave y dócil. "No está lejos de la casa y siempre estaré aquí cuando tú regreses."

"¿Porqué esta mujer nunca va a misa?"

"Creo que eso es entre María Eugenia y Dios. "

"Esas son tonterías – ¡es entre ella y la iglesia!"

La Señora se enderezó el traje. Y sintiéndose culpable en aludir a la delicadeza de su hija, añadió disfrazando su culpa, "Se trata de un asunto de buena educación y de clase. Si es que uno está capacitado para eso."

"Y si uno no tiene la capacidad, uno debe hacer el trabajo de Dios en otras formas, mamá. Voy a darle compañía a esta mujer, mientras que tú vas a misa." Teresa besó a su madre cuando se oían las campanadas. "Reza por mí." Ella dijo con un beso en la mejilla.

"Cada día," Portensia contestó automáticamente.

Teresa ofendida se fue caminando por el sendero desde la gran casa para ver a su mamá irse a la misa, le dijo adiós, y desapareció junto a la barda baja de concreto, hacia el hotel donde María Eugenia se alojaba. Era una casa como cualquier otra, cercada por paredes altas, campana colgando junto a la puerta, y rejas en las ventanas. Adentro de la casa, los cuartos rodeaban el patio que tenía una fuente y un jardín pequeño. Adentro del agua de la fuente, vivían cuatro peces importados japoneses Koi. Se consideraba un golpe de fortuna el poseer esta clase de peces, y María Eugenia y su esposo pasaron por grandes trabajos para construirles una casa lujosa, con todo y orquídeas, musgo y un puentecito para que los huéspedes caminaran sobre él para verlos. Los huéspedes podían alimentarlos con pedacitos de pan, pero sólo los domingos, y si es que antes habían ido a la misa de las doce.

Alguna gente pensaba que este pez poseía cualidades restaurativas y otras aún aclamaban que los habían visto burbujear mensajes con las flores que crecían en el agua de la fuente, pero María Eugenia no creía en ninguna de estas historias. Ella creía que el Koi traía orden y tranquilidad, solo porque ella observó a los huéspedes muy de cerca cuando ellos los admiraban. María Eugenia no tenía el hábito de buscar milagros. Ella simplemente explicaba lo que veía sumergido, y lo simplificaba. La mayoría de las cosas eran obvias cuando uno aceptaba todas las posibilidades pero nunca olvidando la diferencia entre lo probable y lo posible. La interconexión natural de las cosas. En un principio, ella tuvo un encuentro con la niña que vivía junto a ella cuando, desesperada por respirar, pasó por enfrente de una de sus ventanas que daban a la calle, con la cabeza abatida y el pecho exhalando; Teresa había tratado de llegar hasta la esquina de la tiendita, le faltaba solamente una cuadra más. De regreso y apretando su premio, un medallón de San Sebastián, ella se recargó en contra de la ventana de María Eugenia. Ellas empezaron a platicar, y María Eugenia viendo que la niña parecía enferma y plenamente desolada, la invitó tomar un café.

"Mi mamá va a estar en la misa por quince minutos más," la niña consintió. "Tal vez nomás una taza."

María Eugenia vio los labios azules de la niña y oyó su respiración hueca. "Niña, ¿Porqué te vas tan lejos de tu casa?"

"No tengo nada que hacer," Teresa se quejó.

"Entonces, ¿porqué no vienes a verme? Soy una viejita que se aburre. Todos mis niños ya se fueron." María Eugenia sirvió otra taza. "Extraño los juegos de mesa de los niños."

"Discúlpeme, Señora," Teresa le contestó, "yo no me sé ningún juego."

"Yo te enseño," María Eugenia le prometió.

Portensia, ya para entonces de edad madura, seguía apegada a una rígida moral y le faltaba la compasión. Los cuales ella tomó por ser como era ya, por naturaleza, y como resultado de la guerra, y permitió que su hija joven frecuentara la amistad de la vecina en entrada edad, no porque era amable, sino porque estaba cansada de resistir el plan de buen voluntad y sincero de Teresa, que había acabado con su sentido de justicia. Portensia observaba con burla tras bambalinas, los esfuerzos de su hija en vestirse, y vestirla a ella. De ver cómo le gustaba peinarla y arreglarle su maquillaje, y decirle a Portensia historias que Teresa imaginaba, ó lo que pasaba con los vecinos. Portensia medio oía estas tonterías pero se maravillaba como la alegre disposición de Teresa, llenaba la casa fúnebre con alegría.

"Mamá," de repente Teresa interrumpió el desinterés de Portensia. "¿Porqué no tengo más hermanos ó hermanas?"

"Porque tu papá y yo no tenemos más hijos."

Teresa irguió su cabeza con interrogación. "Sí, pero ¿Porqué?

"Es una pregunta indiscreta, Teresa."

"No traté de ser indiscreta, mamá, yo sólo quería saber. Mari dice que es porque tú también estás enferma, como yo,"

Portensia calmadamente empujó la mano de su hija a un lado, sintiendo que la cabeza le daba de vueltas. "¿Estás hablando con extraños de nuestra vida familiar?"

Teresa se puso incómoda. "¿Es acaso un secreto que yo no tengo ni hermanos ni hermanas?"

Portensia le soltó la mano a su hija pero se quedo mirando al aire. "Sí, yo también estoy enferma como tú, pero, sin embargo, tú eres la peor de las dos." Entonces se levantó para caminar hacia el armario que había comprado en su primer mes de libertad, el verdadero comienzo de su poder y control. "Te voy a contar una historia, Teresa. Algún día en el pasado, tu papá y tu mamá vinieron a Oaxaca – "

"¿Después de la Revolución?"

"Sí y no hables cuando yo estoy hablando." Pausó para hacer el punto directo, y continuó. "Lo único que teníamos eran una pocas joyas y nuestros apellidos. Con solo esas dos cosas y trabajando mucho, ahora tenemos las minas, el taller, y nuestra bella casa."

"Y a mí."

"Tu viniste más tarde, y cuando viniste, viniste muy pronto. Los Montelejos son gente impaciente – la mayoría de nuestras mujeres vinieron demasiado pronto. Como somos impacientes, nuestras vidas son gastadas como el azúcar en un pastel – dulce pero bastante, hasta que dejamos este mundo, impacientemente, para el siguiente."

"¿Así es que nos vamos antes de tiempo porque estamos enfermas?"

Portensia se fijó tristemente en el árbol limonero del patio, con sus ramas pasadas con fruto. "¿Teresa, ves a ese árbol?"

"¿El de limones, mamá?"

"Sí."

"Sí, mamá."

"Ahora, algunas veces la fruta se pone grande, madura, y firme, y Lupe va a arrancarla, ¿no es así?"

"Sí mamá, su agua de limón es mejor que la del carnaval."

"¿Y tú cuándo fuiste al carnaval?"

"Mi papá me llevó."

"Ay. Dios Mío, ése hombre. No importa – algunas veces Lupe no arranca la fruta porque se cae solita al piso antes que esté madura, ¿verdad?"

"Sí, mamá"

"¿Y que le pasa entonces?"

"Se queda tirada"

"Sí, Teresa. Y nadie la quiere porque esta inmadura y golpeada todo alrededor por la caída. ¿Lo ves?"

"¿Si veo, qué?, mamá"

"Que nosotros somos esos limones, Teresa."

La niña pequeña no contestó. Sus labios tiernos y color de rosa se fruncieron pensando, y así se quedaron mientras que Portensia se terminaba de vestir, en silencio. Teresa reflexionaba la certeza de su madre que ellas eran limones, y desvaneciéndose al cuarto de en frente donde había unas ventanas enormes, daban a la terraza, la cual permitía la vista a la calle. Era un día fragante, con el aire seco amenazando una tempestad, que por el momento se encontraba en las montañas; y era incierto el momento de cuándo llegaría a la ciudad.

"Las montañas azules," la niña se divertía pensando sola, y recargó sus codos en la reja de hierro forzado, y miró a los transeúntes caminando en la Avenida Independencia.

Ahí estaba Lupe, gritando por un taxi para Portensia. Ahí iba Portensia, en camino a tomar un café con cacao, y pastel con esa mojigata por mujer – la señora Milly Flores. Su hija Juana, pellizcaba a Teresa tan duro, que una vez le dejó la marca, y todo por remarcar inocentemente la ausencia de su padre. De todas maneras, ni siquiera era su falta, ¡Era su padre del que se decía, que él había sido el que no había disparado su arma durante la Revolución! Y de todos modos, ¿A quién le importaba? Ciertamente a ella, no. Ahí está, mi mamá ya se fue y solo quedan las criadas ambulando en la calle, quienes no eran interesantes para observar. Las damas en quienes Teresa se interesaba en observar, eran las que vestían a la última moda, con sombreros adornados y vestidos de seda para la primavera, que taconeaban de tienda en tienda con sus zapatos altos y delgados, ó las familias regresando de la misa, ó del Pabellón que estaba en la parte central de la plaza, y luciendo sus mejores galas que combinaban con los vestidos de sus hijas. Ellas, con globos en la mano, comprados en el mismo zócalo.

Así se pasaba el rato Teresa cuando un hombre pasó por debajo de la ventana y oyó un suspiro melodramático muy hondo, que vino desde arriba. Teresa sin darse cuenta que ella fue la que hizo el dicho suspiro, se quedó sorprendida cuando de repente una cara se volteó hacia arriba viéndola a ella – una cara que sonrió y la saludó con el sombrero. Ella inmediatamente se alejó, pero se asomó brevemente a ver entre las rejas. El hombre todavía sonriéndose, así que ella le devolvió la sonrisa y lo saludo con la mano al aire. El hombre metió sus manos en sus bolsillos y continuó su camino por la plaza. Teresa lo observó mirando entre las rejas. Su traje, exquisitamente hecho al sastre, y fino como cualquier vestido de mujer, le colgaba muy atractivamente sobre su figura delgada. Teresa aprendió a clasificar a las personas, ya que se la pasaba observándolas y le pareció que él era un hombre vano, y que sin embargo, él lucía su vanidad muy apuestamente, como si él su vanidad fueran buenos amigos. Cuando la forma del hombre se desvaneció, Teresa le rezó a Dios: "Por favor Señor," y entonces rogó, "algún día dame alguien así, y hazme una dama elegante. Sólo dame eso y no me importará ser un limón. Amén," ella susurró y se persignó con sinceridad infantil.

Gloria, escuchando por detrás de la puerta a su hermana, no estaba desprevenida de las inseguridades de su hermana. Ella había hecho todo lo posible para estar segura que fueran implantadas muy adentro de la pequeña cabecita de Teresa.

"Teresa," inocentemente remarcaba, "¿Has notado alguna vez lo mucho que te pareces a tu madre?"

Y Teresa, quien amaba a Portensia ciegamente como solo una niña tierna puede, pensaba acerca de las estrictas faldas y manierismos austeros de Portensia, y se desilusionaba. Aunque su madre era respetable, no era la mujer que vistiera al último grito de la moda, como Teresa esperaba convertirse algún día.

""Yo," continuaba Gloria en tales momentos, "me veo exactamente como mi mamá, Evelyn. Y estoy segura que yo algún día haré que los hombres se rindan a mis pies como ella lo hacía, poseyendo, como ella, una gran belleza."

Teresa habiendo hurgoneado las fotografías viejas escondidas, sabía dentro de su corazón que Gloria tenía razón. Que mientras que ella y Portensia eran limones, Gloria estaba destinada a ser una hermosa doncella, igual que su madre lo había sido. No importaba que la verdad de la situación era que Gloria era mucho más parecida a el padre de ambas, Hernando, ó que Teresa era la

viva imagen encarnada de la joven Diamante Cantu
– la noción de poner en la mente de Teresa que un
día llegaría a convertirse en la simple y respetable
de su madre, era razón suficiente para hacerla llorar
con gran pasión.

"Aquí tienes," Gloria consolaba a su hermana.
"Tómate este té. Tiene hierbas especiales para hacer
brillar a tu piel y a tu cabello. "

El té, amargo y espeso, era hecho de una
corteza de árbol que Gloria se había encontrado en
el pantano, y usado por los indígenas de la región
como purga. "Ándale, tómatelo," y Gloria la
reprendía cuando Teresa quería vomitarse, "¿Qué
no quieres ser hermosa?"

Portensia no permitía que las muchachas se le
pegaran para ir a la misa, excepto en Domingo.
Cuando toda la familia llegó en carroza a la catedral.
Ella estaba dedicada a Teresa, de que ella viviera
para llegar a ser una mujer –aunque ella siempre
estaba tan enferma que el propio corazón de
Portensia se oprimía cada vez que veía a la niñita.
Cuando Teresa nació, Portensia la volteó para acá y
para allá, buscándole defectos, investigando el
cuerpecito del bebé por debilidades ocultas. Ella se
la dio a una nodriza e hizo un pacto con Dios. Si

dejaba vivir a su hija única, Portensia iría a misa todos los días, una oración incesante de agradecimiento en sus labios.

Teresa, en su duodécimo año, claramente no estaba sana, pero Dios había cumplido con su parte – ella estaba viva y creciendo.

En la misa del domingo, los Santos le hablaron a Teresa con lenguas desconocidas, imposible de separar una de la otra, con misteriosos mensajes perdidos en la niña. Prohibido por Portensia de hablar de tales cosas absurdas, Teresa simplemente les permitió a las voces extrañas de desvanecerse entre sus oraciones en Latín; entonces, el hincado, la persignada, la cantada, se mezclaban con el canto susurrado por los santos de piedra. Gloria, convencida que su hermana no era tonta, sino desilusionada, ponía los ojos en blanco cuando la atención de Teresa se flechaba de una estatua a la otra, como un gato persiguiendo un hilo.

"Para ya," Gloria decía, pellizcando a Teresa, "O le digo a mi papá que todavía mojas la cama."

"¡Yo nunca le he hecho!" vino de Teresa una protesta suave.

"Entonces vaciaré una taza de agua para que aparezca como que te hiciste – Ahora, siéntate y estate quieta!"

Hernando, partido a la mitad entre su frígida esposa y sus hijas, que siempre lo ponían de puntas, suspiraba y mentalmente regresaba a sus muestras de oro encima de su escritorio, a muchos kilómetros de distancia.

"No lo puedo evitar, Gloria – Ellos me están hablando a mí."

"Por amor a Cristo, Teresa, cállate la boca! No estoy diciendo que te voy a poner una golpiza por las voces que inventas."

A este grito de violencia, Portensia, volteó su cabeza alrededor del cuerpo de su esposo y apuntó sus ojos de águila mirando en la dirección de sus hijas. No sonido tenías que percibir de Portensia para callar a las niñas, quienes inmediatamente pusieron sus manos juntas detrás de su espalda, y miraron con intensa atención a su madre.

Teresa jugaba con sus dedos los medallones de los santos, que tenía una colección de más de cien de ellos, adquiridos en las tienditas de las esquinas, en los grandes almacenes, y en los puestos de las iglesias, y se los ponía todos juntos con un listón adentro de su bolsillo. Se sabía las historias de los santos que leía en los libros llenos de molde en la biblioteca de las Hermanas del colegio del convento, y solicitaba leerlos durante las horas de las comidas.

Las historias hablaban de las heridas que sufrieron para la Fé; Niñas que resistieron la tentación a las manos de opresores y atacantes, hombres degollados, niños quemados, mujeres con senos mutilados y lenguas arrancadas – una multitud de horrores, los cuales, si se resistieron con los ojos firmemente fijados en el misericordioso corazón de Jesús, los llevaría a las bendiciones y un día a la santidad. Teresa cautivada por tal profundes de depravación (en la parte del mundo, por supuesto, no la del santo), leía boquiabierta y solo a regañadientes devolvía los libros viejos cuando era otra vez tiempo para tomar el trabajo de las clases.

Gloria atormentaba su imaginación con algún truco para jugarle a su hermana para enseñarle la idiotez de tal devoción, pero se le hacía fútil el esfuerzo. Si Teresa quería sobar los medallones como si fueron talismanes, eso no le molestaba a Gloria, siempre y cuando todas las demostraciones de piedad fueran limitadas y en silencio, a los bolsillos de Teresa durante la misa.

"¿Para que es bueno éste santo?" a veces preguntaba a su hermana cuando escogía uno de los medallones por su listón.

"Huérfanos."

"¿Y éste?"

"Para viajar en el océano."

"¿Y éste otro?"

"Impuridades de la carne, se me hace."

Pero Gloria sabía que tales historias no tenían valor, porque para cada calamidad un santo curaba, había una poción secreta de hierbas que la causaban.

Y así se fueron los años sin por menores en la casa que se ubicaba en Independencia, hasta que las muchachas estuvieron listas y seguras para dejar el colegio del Convento y convertirse en damas de sociedad.

El baile de los quince años para el cumpleaños de Teresa fue organizado por Portensia con los más altos estándares del protocolo social, y sólo fueron invitados aquellos de familias las cuales ella aprobaba. Gloria, ahora casi veinte, se consideraba ella misma, burlada por la vida - ¿Cómo una solterona se luciría ante la sociedad la cual ella ya era conocida?

Los vestidos de las jovencitas, de seda en color blanco, con detalles bordados en perlas, fueron planchados y limpiados por Guadalupe esa misma mañana, y sus estómagos fueron solamente llenados con una naranja cada una de ellas y té rebajado. Cuando hicieron su entrada, Hernando las miró y sonrió tristemente, por éste sería el baile en el cual, pretendientes posiblemente vendrían por primera vez, buscando las manos de hijas en matrimonio.

Cuando Hernando pensaba en la posibilidad de sus hijas casándose, su mente regresaba otra vez a su difunta esposa, Evelyn.

"¿Cuándo les dirás a tu familia acerca de nuestras nupcias?" él le había preguntado a ella, cuando ella aceptó su propuesta.

"La guerra ha hecho muy difícil la correspondencia en ir y venir a través de una distancia tan larga," Evelyn le había contestado. "Además, mi madre es la única que queda y ella no está bien. No me gustaría crearle un contratiempo" Evelyn cariño su mano sobre los cachetes de Hernando. "Ella me deseó buena fortuna cuando me dejó venir a esta tierra, mi amor. Yo creo que ella está consciente que esa era la última vez que me vería."

Sus palabras entristecieron a Hernando, ya que él desesperadamente necesitaba a Evelyn. La bendición de su propia madre había sido parte integral en su decisión para pedirle su mano en matrimonio. "Si eso te hace feliz, hijo mío," su madre había suspirado, "Adelante, pídele su mano. Y que seas bendecido con muchos hijos."

Su padre no tenía una opinión definitiva en el asunto, excepto que su hijo finalmente se dedicara a sus estudios y al negocio de la familia. "Si esto le pone fin a tu condición miserable de tu debilitada condición física," le dijo a su hijo, "entonces pídele a la muchacha que se case contigo." Pero por ahí se dijo que el Señor Vásquez había dicho a su esposa entre dientes, "Si la muchacha lo rechaza, que el cielo nos ampare y tenga misericordia de nosotros, porque quién sabe lo que él hará."

Para dicha de todos, Evelyn lo aceptó, y felizmente ella se cambió a la gran casa de los Vásquez, y su encanto le ganó el aprecio de sus suegros y la de los vecinos, al punto que nadie se quejaba que la Señora Evelyn Cuthbert Vásquez hablaba con un español erróneo ó con un acento extraño. Cuando el bebé que ella parió la mató entre los dolores del parto, Hernando estuvo inconsolable. No fue hasta que el infante tenía cuatro meses de edad cuando el concedió mirarla, y que regresó a ser el mismo de antes. La vida infantil de Gloria era una sombra del amor que sus padres se habían tenido, y aunque Hernando le dio cuanto pudo, el no era una madre.

Tener esta clase de felicidad como la que él y Evelyn habían poseído, a pesar de ser tan breve como había sido, era la esperanza de Hernando para cada una de sus hijas. Por Gloria él no mostraba preocupación, ya que él estaba convencido que ella florecería en cualquier posición. Pero cuando el tiempo pasó, y Teresa se ponía enferma, la luz de esperanza de Hernando por su hija más pequeña se disminuyó al punto de estar temeroso que su hija moriría sin haberla tocado ningún hombre.

Diez años antes que de convertirse en un Montelejos, Ebner "Ed" Collins terminó de servir lo último de sus cinco años de sentencia, por varios cargos por robo, falsificación de documentos y por hacerse pasar por juez. El robo y las falsificaciones habían sido por dinero, pero la personificación era por fastidiar. El juez en cuestión era su padre.

Cuando él conoció a Hernando Vásquez, el estaba recién salido de la cárcel y buscando otra profesión, usando solamente las dos habilidades que él tenía: la habilidad de hablar español y un innato sentido para los negocios. Cuando el ganó no solamente una de las hijas de Hernando, pero dos, pensó que había encontrado oro. Pero no fue hasta que el conoció a la hija de su esposa, Paulina, que el se dio cuenta que no estaba enamorado de las Montelejos-Vásquez- sino que estaba realmente enamorado con lo que ellas actualmente podían producir.

En el sofocante calor del campo de Oaxaca, Hernando presenció como el joven, junto a él, volaba todo el lado de la montaña. Él personalmente era bueno también en saber el ángulo correcto que produciría los más óptimos resultados, habiéndose movido sin ningún esfuerzo de fundidor de oro a minero, hacía ya hace muchos años, pero este hombre tenía una familiaridad extraordinaria con explosivos, que se veía a leguas, adquirida con una gran experiencia – ligeramente de naturaleza diferente, quizás.

Hernando lo había conocido un día, cuando recientemente llegó en el último tren (siendo su pequeña villa la última parada en la línea desde la Ciudad de México) este hombre sin nombre se había parado llevando puesto un traje curiosamente muy elegante, en color café, aunque arrugado y descolorido. El hombre se sostuvo su sombrero y rascándose la parte de atrás de la mano, esperaba.

La oficina estaba desierta, y sus hombres buscando por una nueva vena basada en sospecha. Los hombres confiaban en el instinto de Hernando de producir suficiente comida para sus familias tan grandes, para encaminarse con sus hijos con la plata traída de las profundidades de la obscuridad, de los espacios pasados a gatas, de la humedad malsana y frescas excavaciones de la tierra. Los hombres de Hernando sabían que el "Jefe" poseía la nariz de una rata en cuanto a plata se tratara.

"¿Eres tú Hernando Vásquez?" el hombre le preguntó en un acento muy pesado en español.

"Si, yo soy." Hernando le contestó, separando la espalda del respaldo de su silla para recargarse por encima de su escritorio. "¿Y quién eres tú?"

"Un trabajador," el hombre le replicó.

"¿Tienes nombre, trabajador?"

"No, no lo tengo."

Hernando gruñó y señaló con la cabeza hacia las cicatrices en las manos del hombre. "Amigo, ¿Rompes piedras por placer?" El realmente esperaba que este americano extraño agarrara su sombrero, se lo metiera en la cabeza, y se largara. En su lugar, fue tratado con una solitaria sonrisa venida de un solitario ser celestial. Este hombre podía hacerse hermoso cuando él lo quisiera, como Hernando encontró (así como sus dos hijas) dos años más tarde.

"No Señor, no por placer, no. Pero me las rompí honestamente, y las usaré con la misma fuerza que ellas poseen para usted." La mirada del hombre extraño era seria, y Hernando se dio cuenta que este hombre le caía bien.

"Entonces, ¿No nombre, eh?"

El hombre sacudió su cabeza.

"Siempre me ha gustado el nombre Jorge. Dios no me dio la oportunidad de alguna vez usarlo." Hernando descansó sus hombros anchos en el respaldo de su silla. "Yo tengo un Jorge Ruiz que viene a recoger la camioneta mañana en la madrugada. Estate seguro que tú eres él."

El hombre extraño asintió y se puso el sombrero con cuidado encima de su cabeza.

"Ya veremos esta fuerza de tus manos," Hernando dijo quietamente, cuando el hombre se retiraba.

Temprano la siguiente mañana, cuando la camioneta de Hernando rodó con gran estrépito a la oficina, había un hombre ahora conocido como Jorge Ruiz. El se paró esperando, habiendo dormido ahí, la noche anterior. Ruiz fue llevado junto con todos los otros hombres a las profundidades de la nueva mina, todavía vestido en su curiosamente elegante traje color café. Hasta la comida del mediodía, él arrastró e hizo pedazos las paredes del túnel, periódicamente checando debajo de sus uñas por rastros de polvo de plata ó de los otros metales.

Cuando los hombres vinieron por su ración de tortillas y frijoles negros, Ruiz comió sólo un poquito y deshizo la roca suelta a la entrada del túnel, examinándola muy de cerca, su nariz pegada a la linea de la pared.

"¿Qué es lo que miras?" Hernando le preguntó al convicto.

"Jefe, los explosivos han ido en contra de las grietas de esta línea de rocas," Ruiz le contestó.

"Algunas veces no puede evitarse," Hernando le respondió.

"Siempre se puede evitar." Ruiz corrió una mano a través de la pared de roca. "Aquí, ¿ves esta ráfaga con golpeos? El punto de tu detonación no estaba en posición correcta. Ha debilitado el paso del túnel." De su mano, le dio a Hernando un poco de la roca que se estaba deshaciendo.

"Porque el paso del túnel está débil, tus mineros sólo podrán pasar un poco antes que empieza a caerse el dentro. Hernando se asomó a través del esquisto de las grietas que Ruiz señaló. "Ja-já, Ya veo." El chupaba su puro y lo tenía muy ensalivado. "¿Qué hubieras hecho diferente?"

Ruiz se rió entre dientes en su buena naturaleza. "Bueno, primero, yo no hubiera nomás volado solo cualquier roca. Hubiera visto donde las fallas de las estratos estaban. Y ahí es donde yo hubiera puesto la carga." Ruiz se quitó el sombrero panameño que usaba y se limpió el sudor de su frente y de su cabello rubio. "Y tampoco hubiera usado tanto."

"¿Un toque suave?"

"Como para espantar a una yegua."

Hernando masticó su cigarro pensando. "Trabajaremos en este pozo hasta que la vena esté sin los metales que buscamos, ó hasta que las paredes se caigan., pero tú puedes planear la próxima explosión, adonde yo te diga, ¿ja?"

"Ja."

Y Jorge Ruiz, una vez llamado Ed Collins, planeó y ejecutó todas las explosiones desde entonces, seleccionando la cantidad de dinamita y los ángulos para las explosiones. Hernando, poco a poco siendo impresionado, le pagó por sus servicios y le compró un nuevo traje.

Eran solamente unos pocos meses más tarde cuando Ed fue a ver a Hernando, este hombre que no sabía todavía que acabaría dándole las dos hijas, y sonrió con una sonrisa hermosa.

"¿Ha decidido acerca de nuestra causa perdida?" preguntó. El había oído que los dominicanos estaban preparándose en armas para marchar a Santiago, y el estaba seguro ahí había la posibilidad de hacer dinero, bloqueando, juntando y mandando armas, materiales, y mujeres. Este hombre llamado Jorge Ruiz había piado la oreja al suelo, y en el campamento había oído a algunos de los trabajadores, los hombres que discutían las políticas del continente Norte Americano, los Dominicanos, y la riqueza creciente de los Cubanos. El oyó que ambos, el gobierno y los rebeldes de la Dominicana estaban en necesidad de armas, dinero y alimentos.

Ruiz vio el potencial ilimitado de la guerra –
él sabía que podía armar a ambos lados, forrar sus
bolsillos, y hacer a Hernando Vásquez que
multiplicara su dinero de la noche a la mañana,
cuando el conflicto comenzó.

Hernando puso en sus dientes el puro mojado,
del mismo color de su bigote, y habló gruñendo
elocuentemente. "Me preocupa mi familia." Dijo.

El hombre que Hernando había nombrado
Jorge Ruiz levantó los hombros. "Jefe, aquí se puede
hacer dinero."

"Ja-ja, ya sé."

"En esto tiempos inseguros, debemos actuar a
nuestra ventaja."

Hernando mordiendo el puro dijo
pensativamente. "Es exactamente estos tiempos
inciertos los que me preocupan."

Jorge sabía que Hernando no iba a confiar
meramente en un empleado con este plan ambicioso
– el de convertir parte de la fortuna de Hernando en
un campo más lucrativo que las Dominicanas – pero
él si lo haría. Jorge estaba en lo cierto, confiar en su
yerno. Sin embargo, él no podía pedir nomás por
pedir. Estos Mexicanos eran en muchas maneras tan
sinceros como sus vecinos del norte – pero en
cuanto se tratara de sus hijas, Jorge sabía que él no
podía meterse.

"Jefe," dijo un día mientras Hernando masticaba un nuevo puro. "jefe, encontré u nuevo plan de cómo multiplicar su fortuna con nuestros vecinos del sur, mientras que mantenemos manos limpias."

"¿Qué tan sucias las tuyas se van a llenar?"

Ruiz miró a sus manos cicatrizadas, maltratadas por el trabajo laborioso pesado, y se rió. "Las manchas se lavan limpias eventualmente," el dijo. "Serán las cicatrices las que se quedan."

"Déjame oír tus planes," Hernando consintió.

Ruiz se sentó en cuclillas sobre la fina tierra roja que estaba pisando, y dibujó un mapa de Texas con una rama. "Aquí está Texas, Jefe, la conozco muy bien. Cuando el siglo no era más que un bebé , empecé mi vida como hombre, trabajando como empacador de carne en una de las fábricas en Fort Worth que suple al norte con carne de res, junto con otros estados." Ruiz dibujó una línea con su dedo en dirección del norte. "El ganado venía a Shawnee Trail, aquí, pero una vez que los ferrocarriles llegaron, se acabaron los viajes del ganado. Ahora los furgones ferroviarios son los que traen al ganado y los depositan en los corrales. De ahí son empaquetados en la planta y son llevados de nuevo hacia el norte, a Chicago y Nueva York."

Hernando masticaba pensando.

"Se puede decir que Pueblo Vacuno, sin embargo, tiene un punto de tránsito. Tiene muchas cosas que ofrecer." Ruiz se levantó y borró el mapa con la punta de su pié. "Del Medio Oeste viene el grano, del Oeste vienen los minerales, del norte vienen los textiles y productos de fábrica, y de la misma Texas, viene la carne, petróleo," Ruiz pausó antes de agregar cuidadosamente, "y armas."

Los ojos de Hernando habiendo visto tanto en la hora de historia, se agrandaron. "¿Qué tipo de armas?"

"Armas, nuevas y rechazadas, de la guerra en contra de España; Gatlins, Mausers capturados, rifles Trapdoor (aunque no son muy deseados, Jefe,) rifles Hotchkiss." Ruiz pausó otra vez y agregó, "Aún unos cuantos Colts si el precio es bueno."

Hernando frunció sus labios pensando. "Esos suenan como pistolas y rifles muy viejos, mijo."

"Pues sí son, Jefe, y por eso las hace tan deseables para los Dominicanos. Nadie va a ponerse a buscar estas armas. La Gran Guerra nos dejó en términos de armas, unas mucho más avanzadas, y estas viejas ametralladoras y rifles están simplemente ocupando un lugar de almacenamiento, oxidándose adentro de sus cajas."

"¿Y cuál es tu plan para liberarlas a las causas del sur?"

Ruiz se encogió de hombros. "Rompí piedras con estas manos, Jefe, pero no rompí mi boca en el proceso. Hay gente a la cual yo puedo discutir estos asuntos."

Hernando intrigado por la simplicidad del plan de Ruiz, levantó los hombros y dijo: "¿Tienes que visitar a tu mamacita enferma en Texas?" Hernando nunca había oído a Ruiz hablar de tal madre, pero él asumió que simplemente Ruiz no vino solo al mundo. Ruiz, oliendo el juego, en un instante asintió con la cabeza. "Quizás debes ir a verla antes que ella esté bajo tierra, mijo. Llévate tres furgones y cómprame grano, telas, y toda la famosa mercancía de tu país, y tráelos contigo cuando te regreses después de que visites a tu mamacita."

Ruiz, en complicidad, a su entendimiento hizo los preparativos para salir la siguiente mañana.

El costal que contenía la plata y el oro que Hernando le dio, se quedó pesado en la mente de Ed Collins. Ni el ganado que planeaba comprar en Laredo en rumbo a Cowtown por pennies en cada dólar, ni la plata en su morral, pesaban tanto en él como su preocupación que Franklin Larington no estuviese donde él lo había visto la última vez.

Antes de la prisión, Ed y Franklin trabajaron juntos en los corrales del ganado haciendo trabajitos, cuando eran jovencitos, antes que se convirtieron en hombres jóvenes y fuertes. Ellos se sabían cada pulgada de cada piso de todo edificio, almacén y fábrica. Trabajando de mandaderos como niños, y aprendiz de adolescentes, ya como hombres jóvenes, ambos Ed y Franklin, podían hacer cualquier trabajo en esos lugares. Si Franklin no estaba donde Ed lo había visto por última vez, el temía que sería recordado por su noriedad – o haber sido mandado a la cárcel por su mismo padre.

El ruido del tren a lo largo del viaje con el carro de pasajeros llevando sólo a Ed Collins, el carro de carga lleno con ganado sano y mujiendo comprado en los ranchos polvorosos de Laredo. Ed contempló el campo por su ventana del carro, que se deslizaba y ensayó mentalmente el plan que había concebido para cambiar el ganado en los corrales por grano y telas, y el morral lleno de plata adentro de su cartera, por armas viejas, con la ayuda de Franklin. El almacén viejo donde él una vez trabajó estaba lúgubre y desatendido, de tal manera, que los hombres se reían a menudo juntos y sacaban armas viejas de sus cajas oxidadas, limpiándolas de la paja y aserrín de sus cámaras, inseguros de disparar derecho otra vez más.

El y Franklin se maravillaban de lo complicado que eran las armas viejas, y se ponían de acuerdo – que era una lástima que estuviesen olvidadas. Armas como éstas siempre habían cautivado la imaginación de niños, montando imaginarios caballos en terrenos accidentados, o empedrados, buscando indios o mexicanos.

Ed trajo el lente del microscopio del Mauser cerca de su ojo y comentó a su amigo – ellas deberían de ser liberados. Franklin no pudo pensar quién querría comprarlas, pero Ed era adamante; Armas que todavía disparan a un hombre podrían encontrar alguien que las quisiese comprar. Su amigo no estaba muy convencido – después de todo, pues con las armas construidas hoy en día, tales reliquias de seguro que no podrían combatir en contra de las nuevas. ¿Quién quiera comprar tales armas, cuando el ejército tenía armas superiores a éstas?

Ed Collins tenía la respuesta, y teniéndola, los demonios internos en Ed tomaron otra vez la forma y la voz de tenor de su padre: "Tú nunca llegarás a ser nadie, si tú no sabes si es correcto lo que está en frente de ti, Ebner. Recuerda que un hombre es tan bueno como su palabra, y su palabra es solo buena como la última vez que él la usó."

El viejo juez no habló muy a menudo, y fue considerado en sus declaraciones. Agitaba su cabeza por la curiosidad de su hijo hacia el mundo, y predicaba diligencia, piedad, y honradez en la cara de todas las cosas. "Un buen hombre es uno que pone su cabeza baja y trabaja hacia sus metas, Ebner. Un hombre tierno con modales de dama, pregunta ¿Porqué? Pero un buen hombre está demasiado ocupado en su trabajo para andar en dondequiera."

Ed siempre se había preguntado, si este era el preciso rasgo del carácter que irritaba tanto al viejo juez.

"¿Por qué? ¿Por qué? ¡Qué importa hijo! ¡Deja que las cosas sean como son y pon atención a tus estudios!" El juez Collins había gritado a su hijo desde que el chico usaba pantalones cortos. El juez había tomado la obligación de repasar las matemáticas con el muchacho cuando el profesor se había a quejado que su hijo solo estaba adivinando las respuestas.

"¿Por qué dos y cinco hacen siete? Porque sí!" el juez Collins había dicho irritado. El golpeo al muchacho firmemente en la cabeza. "Aprende las operaciones, hijo, deja de preguntar el porqué de ellas y deja el por qué a aquéllos que no necesitan trabajar para comer." Ed no había olvidado esa lección, a pesar de los muchos años que habían pasado.

Su padre, todavía un juez activo en el condado que llevaba el apellido de la familia, no era un hombre paciente, ni uno que perdonase. Cuando Ed fue traído delante de él, por robo de documentos legales y falsificación de los mismos, su padre le había dado la peor de las condenas que la ley le permitía por tales fechorías.

"¿Vendiendo títulos de terrenos, Ebner?" El juez Collins estaba enojado después de la audiencia. Detrás de las rejas, el prisionero Ed colgaba su cabeza llena de miseria. "Veamos este asunto. A que tú andabas ofreciendo elegantes propiedades en el lago, en Beaumont, Nueva York." Ed no contestó. "¿No? Muy bien. ¿Qué tal tierras petroleras con pipas subterráneas?" El juez Collins agitó su cabeza en disgusto. "Ni siquiera terminaste de copiar el sello y lo dejaste a medias, Ebner. Adulterado, inmaduro, tramposo. ¿Qué clase de hijo es éste, que salió de mí?" El juez le dio la espalda. "Hijo, tengo la esperanza que cinco años de trabajos forzados te enseñen una o dos cosas. Una cosa o dos."

Si le hizo efecto, pero tal vez no la clase de lecciones su padre estaba esperando. Ed Collins aprendió hablar español de algunos de los otros presos. Habiendo ellos mismos aprendido el arte de exploración durante la guerra y habiendo vivido entre los mexicanos de Texas. El aprendió como falsificar documentos correctamente, la propia manera de manejar explosivos y cuando cerrar la boca y parar las orejas.

Cuando el tren finalmente se acercaba a los corrales, Ed estaba calmado, alerta y enfocado en su plan. Él estaba resuelto a que el haría los negocios que había venido a hacer y a encontrar a su amigo Franklin en el curso de dos días y no más, y si tenía éxito, se regresaría antes que nadie tuviera la oportunidad de decir nada acerca del asunto.

"Bueno, mira lo que el conductor trajo a mi puerta. ¡Achís! Es Ebner Collins."

Ed saludó con un fuerte apretón de manos a Franklin, y firmemente lo jaló cerca de él. "Tengo algo que creo que a ti te va a gustar oír."

Fueron a la oficina de Franklin arriba de la puerta principal y Ed solo volteaba su cabeza en admiración.

"*El jefe,*" Franklin explicó. "Después de la guerra necesitaban hombres quienes supiesen de que se trataba este lugar. Así que, a pesar mis reservaciones y flaquezas deprimentes, me pusieron en esta position."

Ed se carcajeó y pateó de la risa la silla de cuero fino que estaba en frente del inmenso escritorio de roble, de Franklin. "Es como dejar que la zorra cuide al gallinero, ¿no es así?

Franklin sacó una botella de *Kentucky Bourbon*. "Ese es por aquí, la broma del momento, Ed. ¿Qué te traes entre manos?" Preguntó. "De donde vienes, ¿Traes algo que me interese escuchar?"

"Me encontré por ahí un dinero," Ed replicó. "Mucho dinero. Y necesito una de esas cajas viejas, llenas de armas, que se encuentran en el cuarto secundario abajo del principal almacenamiento."

Franklin bebía de su copa. "¿Cómo cuánto dinero?"

"Pura plata recién acuñada, imposible de rastrear, y oro todavía en forma de pepita."

"¿Pepitas de oro? ¡No he oído de ellas como en veinte años!"

Ed tragó algo de su licor y empujó su silla para atrás. "Pero este infame sufrimiento, Franklin, necesita ser concluído antes que anochezca. Además, necesito que mi tren sea descargado de mi ganado."

Franklin apretó sus labios y se sirvió otro *whiskey*. "Entonces hay que decirle a la mano de obra que está allá abajo, que necesitas ayuda con tus reses," él dijo, y se terminó su trago. Entonces Franklin guardó nuevamente la botella en el cajón del escritorio. Lo cerró con llave. "Qué agradable sorpresa volver a verte otra vez, Ebner," dijo, "Yo que ya te hacía con las sirena aquí regresas para ofrecerme una fortuna."

El ganado fue descargado y cambiado por lana, botones de Nueva York, ruedas de queso de Wisconsin, y madera de pino del norte; las cajas ennidadas entre el desarreglo. La seda no pudo ser conseguida, pero un embarque de *Kentucky Bourbon* había sido localizado y los hombres vinieron al entendimiento que el morral con los minerales de Hernando era suficiente para liberar ambos el *Borbón* y las cajas viejas de armas.

Franklin Larington y Ebner Collins se dieron un último apretón de manos y cada quien se fue por su lado.

"¿Cuándo te veremos otra vez por estos rumbos viejos, Ed?"

"Mm, seguramente encontraré varias maneras para regresar hasta aquí, desde el viejo México."

Franklin se soltó a carcajadas y tapándose la boca le pegó a Ed en la espalda. "Vaya historia que es tu vida, Ed. Rompes rocas y aprendes español; luego te vas para el sur, y adivina qué, te encuentras un hombre con una mina de oro. Como que vivo y respiro – una mina de oro en verdad."

"Y trenes."

"Y él tiene trenes." Franklin se limpió sus ojos con su pañuelo. "Bueno, me dejas saber si te puede ayudar con algo más, tu."

Ed se subió a bordo del carro de pasajeros, "Siempre un placer, Franklin," él dijo y levantó su mano en un gesto final.

Cuando el tren pisó terreno en la Ciudad de México dos días más tarde, un equipo de tres hombres vino a encontrarlo a la estación. Ellos no hablaron, pero le dieron a Ed Collins, un pequeño, pero pesado veliz, y cargaron las cajas en un vagón jalado por un par de mulas. Espió adentro antes que los hombres terminaran su trabajo y vio que lo que le había dado a Franklin Larrington milagrosamente se había multiplicado, algo así como una parábola bíblica. El silenciosamente agradeció a su padre por haberlo mandado a la prisión, y recargó el tren de Hernando.

Cuando llegó al campo minero, dos horas al sur de la Ciudad de Oaxaca, Jorge Ruiz saltó del tren y tiró el pesado bulto a su jefe.

"¿Qué acaso me trajiste rocas, hijo?" Hernando le preguntó.

"No Jefe, le traje el futuro."

Ruiz supervisó el descargo de la mercancía americana, y se fue a dormir a su cuarto; cayó como tronco. Ruiz sabía que él ya tenía asegurada la confianza de Hernando, debido a sus habilidades.

Así que, habiendo demostrado tales habilidades y su destreza en los negocios (así como la economía de su salario, frenándose en excederse de propias satisfacciones, como algunos de los otros hombres, en mujeres y vino), Ruiz forjó su camino en ser presentado a la familia de Hernando.

"Jefe," le dijo casualmente el día siguiente después que arribara al campamento, "¿Será posible telegrafiar una parte de mi sueldo a mi querida madre? Haz de recordar que ella está enferma, y que yo puedo ayudarla con el dinero que gano." La madre de Ruiz había muerto muchas años antes, pero él sabía que la única manera de mandar dinero era a través de un banco – y el más cercano estaba en la Ciudad de Oaxaca.
Hernando se sentía inclinado en decir, "Sí, hijo, pero tú debes ir a la Ciudad de Oaxaca para hacer dicha transacción."

"Bien, Jefe, está bien así. Iré yo mismo cuando sea conveniente."

"Dejémonos de tanta ceremonia, Jorge. Vendrás conmigo el sábado al banco y el domingo con mi familia a la iglesia. Hernando tal vez pensando en su primera esposa, dijo en forma considerada, "Yo sé que México puede ser difícil socialmente para los extranjeros. Tú te quedas a comer con nosotros el domingo. Yo te extiendo a ti la invitación.

Ruiz descansó, porque sus planes finalmente daban fruto, y sonrió muy satisfactoriamente.

Cuando Portensia Montelejos fue avisada por cable, y no por menos, de las intenciones de su esposo en traer un hombre de las minas a comer a la casa, sus inclinación natural fue el de tomar las debidas precauciones, que fueron instantáneamente puestas en marcha. Ella nunca había tenido que invitar a un hombre solitario que trabajase en la Compañía de su esposo. El protocolo social en esta situación era desconocido para ella. Aún si ella hubiese tenido amigas, ella jamás les hubiese pedido sus opiniones, simplemente ella actuaba del repertorio social que ya poseía, además de su juicio natural. Después de dos días de reflexión, ella decidió aprobar la comida del domingo. Sería en la casa como de costumbre, y sería una comida formal. Habiendo Gloria y Teresa sido presentadas en sociedad el año anterior, esta comida sería un evento con ellas usando la cara velada. Después de todo, este hombre podría cometer el error de pensar que él era un pretendiente digno, una condición que sólo Portensia podía otorgar.

La costumbre de usar la cara velada para las solteras, ella pensaba, no era una costumbre poco usual, heredada desde que sus antecesores cuando llegaron a México de España, cuando las mujeres españolas ya tenían sus modas establecidas, siendo una de ellas sombreros con velos, ya que, después de todo, esa había sido una costumbre muy cómoda para las mujeres. Su propia mamá había usado la cara velada durante el período de vela, aunque los velos en Mariabella se veían más como los velos de Salomé, que la gaza de una viuda.

Jorge Ruiz llegó a la casa en la ciudad de Oaxaca en su nuevo traje, el cual había sido lavado y planchado, temprano esa misma mañana por el personal del Gran Hotel situado en frente del zócalo. Su negocio el día anterior en el piso del Primer Banco Nacional de México, había marchado espléndidamente.

"Dame los detalles de la cuenta, hijo y yo me haré cargo de tu dinero." Hernando le había dicho.

Jorge le dio los detalles, de una cuenta fantasma que el había iniciado en Kansas mucho años atrás.

"Ja," Hernando dijo cuándo Ruiz regresó de la oficina del gerente del banco, "Espero que le mandes un telegrama a tu querida mamacita para que le informes qué generoso hijo tiene."

Ruiz le aseguro que lo haría.

Ahora, Ruiz se sentaba en la sala de los Vásquez, sombrero en mano, esperando por la jornada con la apreciable familia, en el carruaje hacia la catedral.

Bajando por la escalera corta, dos mujeres aparecieron, como si flotando y serenas. La primera, derecha como un alfiler y casi así de delgada, quien directamente fue al sillón en frente de él y se sentó. La segunda, más baja, llenita, y batallando en no caerse ya que el velo le impedía ver donde pisaban sus pies, se sentó al otro lado de la otra joven, y le tomó la mano. Ruiz se levantó e inclinó la cabeza cuando Portensia entró al cuarto.

"Déjeme presentarle a mis hijas, Teresa y Gloria."

"El placer es mío, bellas damas."

Las jovencitas asintieron la cabeza con elegancia.

Portensia checó su pequeño reloj y arrugó los labios con preocupación. "Vamos a llegar tarde a la misa. ¿Dónde está Hernando?"

"Aquí estoy, mi amor," él dijo desde el pasillo. "Mis botas necesitaban ser boleadas." Sus hijas se reían nerviosas y Portensia alzó la mirada hacia la decoración elegante que la sala tenía en el techo. Ruiz se contuvo de sonreír, pero fue sorprendido por una de las jovencitas, y guiñó el ojo. Debajo de su velo, y por lo tanto invisible, los ojos de Gloria se hicieron chiquitos. Este hombre que su padre había traído a la casa, y cuya presencia demandaba la ridícula combinación de velo y sombrero, era ligero como la arena, activo, y curiosamente rudo. Sus ojos se dirigían hacia sus largos dedos que se estrechaban sosteniendo su sombrero con firmeza, y él no estaba ni temblando con nerviosismo o mojado con sudor. Gloria sabía de alguna manera, que él también la estaba mirando a ella, desnudándola con la mirada, y ese fue el momento en que ella decidió que un día ella tendría a este hombre.

La misa fue como cualquier otra misa, lo mismo que el viaje en la carroza de ida y venida. Nadie habló – la plática ligera no era bien recibida en la casa de los Vásquez-Montelejos. Ya que regresaron, el almuerzo estaba servido en el comedor principal. Portensia dirigió a su esposo a la cabecera de la mesa. Ella en la otra. El hombre que su esposo había traído, a su mano izquierda y sus hijas a su derecha.

Borrego en mole poblano fue servido en silencio y las copas con agua fueron llenadas con agua fresca de limón. Siendo los limones agrios y endulzados con montones de azúcar. Ruiz, el único que no se vio incómodo, comió delicadamente, observando a las jovencitas levantar sus velos negros con recato, y colchar pequeños bocados en sus bocas escondidas.

"Señora Vásquez, por favor hábleme de la historia de su hogar tan bellamente decorado." Ruiz se limpió la boca, y bebió del caustico líquido.

"No hay ninguna," ella contestó.

"Claro que hay una historia, Portensia," exclamo Hernando, "Simplemente no la conocemos."

"Y por eso, no hay ninguna," su esposa concluyó.

"Venimos aquí después de la Revolución" dijo Gloria rompiendo el silencio. "Desde la Ciudad de México."

"Una ciudad elegante, La Ciudad de México." Ruiz ofreció el comentario.

"Es lo que dicen." Gloria respondió.

"Y de dónde es usted, Señor Ruiz?" Portensia les indicó a los sirvientes que se retiraran con una seña de su mano.

"Tejas," el mintió.

"Que raro. No hay nada en Tejas," Portensia dijo.

"Hay muchas cosas en Texas, Señora. Ciudades, ganado, tierra abierta, ranchos, centros de intercambio mercantil…"

"Los cárceles," ella dijo, apuntando y mirando a las manos de Ruiz.

Ruiz, se quedó boquiabierto, con la intención de continuar nombrando la abundancia de Tejas.

Hernando tosió y se rio. "Ándale Portensia, seamos bien educados con nuestro invitado."

"Él es tu invitado aun que se sienta en mi mesa."

Ruiz recuperado, sonrió a la hermana más alta. "Señorita Gloria, ha estado usted en Tejas?"

"Gloria contraerá matrimonio pronto," Portensia dijo en tono tajante, hablando como una de señora mayor con autoridad. Y agregó, "Guillermo Fuentes de Solis," y siguió hablando, "Como verá usted, ella no tiene tiempo de ver el encanto campirano de la tierra con ganado."

Gloria, con una lengua educada de acuerdo a convenciones sociales, no pudo disputar a su madrastra - en público.

"Entonces, felicidades, Señorita Gloria."

"Las acepto dignamente, Señor Ruiz," ella contestó con una sonrisa afectada.

"Guillermo Fuentes de Solis es un hombre muy afortunado."

Portensia se levantó de la mesa repentinamente, y declaró el almuerzo terminado. "Le ofrecería café en la sala, Señor Ruiz, pero me temo que usted y mi esposo tienes muchos negocios que atender."

Los hombres se levantaron cuando las damas dejaban la mesa, y Hernando se disculpó hacia el lavatorio, habiendo medio terminado con su carne de borrego en mole poblano, para lavarse las manos. Mientras tanto, Gloria, la última en dejar el comedor, se volteó rápidamente cuando su padre desaparecía adentro del baño cerca del comedor, y levantándose el velo de su cara, dijo "Puede ser que algún día sea yo la esposa de un hombre rico," y le susurro a Jorge en el oído, "pero eso no significa que llegare a ser monja."   Él sonrió. "Lo recordaré, Señorita."

Gloria puso aire de gran dama, y se fue afuera del cuarto. Limpiando sus manos con la servilleta de lino, Hernando reapareció para continuar con lo que le quedaba del borrego.

"Jefe, tus hijas son encantadoras."

"Ay," Hernando suspiró. "Puede ser, hijo. Pero esa Gloria – ay. Es la hija de mi cariño, mi primera esposa, Evelyn, quién tristemente murió cuando Gloria era todavía un bebe." Se limpió su bigote en la servilleta de lino que estaba encima de sus piernas. "Es una niña buena, pero difícil."

Ruiz, caminando en terrenos ajenos, dejó pasar un momento, y entonces pregunto: "¿Se casará con este Guillermo Fuentes de Solis?"

"Si Portensia ya lo decidió que ella se casa, ella se casa.

"Jefe, si no te importa que yo opine, creo que quizás es lo mejor."

"¿Qué te hace decir tal cosa, hijo? Los Fuentes Solis vuelan tan alto, que un día se convertirán en golondrinas."

"Si, pero Jefe, claramente, el Señor Fuentes de Solis es un hombre de buen nombre. Con un apellido ilustro, un apellido como éste es el que ayudará a mantener a su hija con la vida más cómoda posible."

"Eso podría ser verdad," Hernando replicó tristemente, "pero, ¿Qué es una vida cómoda sin amor?"

"Seguramente el amor crecerá. De belleza a devoción a amor, tal es la escalera lo cual un hombre debe subir."

Fernando se carcajeó y se sonó la nariz con la servilleta. "Todo esto está muy bien. Si Portensia ya decidió que Gloria se casará con Guillermo, así será. Pero no es Gloria la que nos preocupa, sino Teresa."

"Si, ciertamente ella es la más dulce de las flores, y debe ser cuidadosamente protegida."

"No son los rígidos dictados de la sociedad lo que me preocupan con Teresa, o protegiéndole los pétalos, hijo." Los dos ser rieron con todas las ganas y se recargaron en las antiguas sillas que estaban cubiertas con hoja de oro. "Es el de encontrarle un hombre mientras que está joven, porque aunque tú no lo notaste, ella es enfermiza."

Ruiz, habiendo notado pero muy bien, expresó su sorpresa y preocupación.

"Si, si," Hernando continuó, "Ella está enferma y Portensia está convencida que ella permanecerá para siempre como si fuera una niña." Su voz temblaba. "¡Qué triste destino para una mujer – quedarse todos sus días en la casa de su madre, como una creatura, sin su propia familia a quién cuidar."

"¿Pero por qué ella tendría que quedarse en la casa de su madre?"

"Ay," Hernando suspiró melodramáticamente, "¿Qué hombre querrá tener una esposa que esta enfermiza? En nuestro círculo, Teresa aún no es considerada entre las mejores familias, y aunque ella fue presentada en Sociedad, ella se quedará aquí con nosotros por la falta de pretendientes. Esa es mi creencia."

"Si un hombre fuese encontrada, quien fuese un buen hombre, un hombre trabajador, y tal vez no el hombre que tu esposa no hubiese escogido para ella - ¿aceptarías tú su propuesta de matrimonio?"

"Queda por verse, hijo."

Eran estos estados de melancolía en que Ruiz consolaba a su jefe, elevando la natural dulzura y juventud de Teresa, a un pedestal de darse a desear, a tal punto, que donde Hernando había visto antes solo timidez e infantilismos, ahora empezó a admirarla por su falta de agudeza.

"Yo siempre pensé que ella era un poquito cabeza-vacía," dijo Hernando a Ruiz en una ocasión.

Ellos estaban observando el humo a distancia de una detonación. "¿Cabeza-vacía?" Ruiz dijo mostrando incredulidad. "Ella es solamente modesta, señal de su buena educación, Jefe."

"Es que ella nunca tiene una opinión."

"Qué mejor para aprender el arte de ser esposa y convertirse en una extensión valiosa de la manera de pensar de su esposo. Así como dice el libro, 'Y el Señor Dios dijo, 'no es bueno que el hombre esté solo; Le haré una compañera como su ayuda.'"

Hasta el momento, los ojos de Hernando habían estado cegados de los encantos de su hija menor, y le pidió a Gloria que llevara a Teresa a la modista. Ruiz le había dado a entender que Teresa ciertamente, había dejado de ser una niña.

Cuando Ruiz vino a cortejar a la hija más joven, Portensia se había carcajeado en su cara.

"¿Estás demente?" ella le había dicho, "si tú crees que esta niña tiene la pinta de ser tu esposa."

"No estoy loco, Señora," el hombre le replicó, "Tengo la certeza de que ella es exactamente lo que necesito."

Portensia bufando de rabia preguntó en tono burlón, "¿Qué hombre no quiere hijos, casa limpia y esposa sana?"

"Perdone la impertinencia, Señora, pero hay veces que lo que un hombre quiere es tener una compañera a quien cuidar."

Esta mujer quien nunca se declararía como su suegra, se inclinó más de cerca de él, más que nadie jamás se había atrevido antes, en ese región gentil, "Yo no te creo," dijo con voz baja, "creo que tú eres un mentiroso."

"¿Dejará que su esposo decida?" el preguntó con igual compostura y fríamente calmado.

"No me hable de mi esposo – esto pertenece al relamo de las mujeres. Y no lo permitiré," Portensia le dijo consternada sintiendo repulsión por el tono de voz de Ruiz – siendo él tan tenaz como ella.

Esa noche, Hernando argumentó con Portensia, y se opuso, a Portensia Montelejos, con una firmeza que él nunca antes había mostrado.

"¿Qué puede ese hombre querer con mi hija?" ella dijo salpicando saliva, cuando se trató de convencerla por la felicidad de Teresa, que se le permitiera a ésta de convertirse en una mujer.

"Él quiere ser parte de esta familia, de cuidar a nuestra hija."

"Es disparatado – estúpido. Aún los monos ven a través de las nalgas pretenciosas de este hombre."

"¿Tiene nalgas pretenciosas porque esta bien parecido?"

"Ay, Hernando, él tiene nalgas pretenciosas porque sólo a un mujeriego se le ocurre tener una esposa enfermiza de una prominente familia.

Hernando le suplicó reconsiderar los motivos del hombre, pero Portensia Montelejos sabía más que nadie, lo que los demás no querían admitir. Ella veía a Jorge Ruiz y veía a un tramposo, a un charlatán, y lo peor, la muerte de su preciosa hija. Porque aunque ella trataba a Teresa con una distancia fría, ella adoraba a su hija. Aconsejada de no concebir, pensó que esta creatura le cortaría la vida – pero la tuvo sin ninguna queja. Y ahora, este hombre, este americano con ropa elegante, quería llevarse a su hija.

"Déjate embaucar," ella le dijo a su esposo, "pero yo nunca voy a ser engañada por el diablo en traje de seda."

Los domingos se sentaban juntos en la sala, en el diván antiquísimo de brocado que Portensia había comprado muchos años atrás, Jorge Ruiz y Teresa Montelejos.

"¿Cómo se ha sentido hoy, Señorita Montelejos?" Jorge le preguntaba.

"Estoy bien, Señor Ruiz, gracias," ella contestaba.

Ellos hablaban de cosas en términos generales hasta que Gloria, quien había sido designada por su padre como su chaperón, que entonces que se embarcaban a un cambio de tema.

"Yo encuentro a Oaxaca muy aburrido," ella dijo un domingo.

"¿Cómo puedes decir eso, hermana? Está lleno de cosas agradables."

"Agradable es aburrido."

Jorge habiendo aceptado su suerte en ver a Gloria casarse con otro hombre, se aseguró a Teresa que la Ciudad de Oaxaca era en verdad muy agradable, y le giñó el ojo a Gloria estando de acuerdo, mientras que las palabras todavía se le rezagaban en la boca. "Señorita Gloria, ¿Han decidido las familias en arreglar la fecha de su boda?"

"Sí, el mes siguiente después que termine éste."

"Ya no queda la fecha muy lejos. Usted debe estar muy emocionada."

Gloria cruzó sus brazos y conjuró un hechizo en su mente antes de decir, "Voy a ser la segunda esposa de un hombre viejo, Señor Ruiz. ¿Lo sabía?"

"He oído que el Señor Fuentes de Solis es un viudo, eso es cierto."

"¿Le han dicho que yo soy veinte años más joven que él?"

"Creo haber tenido esa noticia en mi mano."

"Entonces usted debe también saber que es mi sagrada obligación el de darle hijos."

"Me imagino que ese el caso."

Enojada, ella salpicó saliva de la boca diciendo, "Ni siquiera me gustan los bebes. Huelen a vómito y caca."

Teresa, con los ojos abiertos, se dio cuenta que esta no era manera de platicar con su pretendiente, y suavemente la reprendió.

"No me digas que me calle," Gloria continuó, "Todos seremos parte de la misma familia pronto, así que, ¿Para qué esconder los hechos que importan?"

Teresa se sonrojó. Su sueño de casarse con el elegante Jorge Ruiz todavía era un oasis en el desierto.

"Eso es verdad, Teresa," Ruiz dijo tomando la oportunidad en agarrarle la mano, "Un día tu también tendrás tus propias sagradas obligaciones."

Sonrojándose todavía más, Teresa escondió su cara y se salió rápidamente de la sala. Gloria la observaba yéndose y entonces sacó un cigarrillo de su vestido de verano. "Irá directito a María Eugenia," le dijo a él, "a llorar, pero quédate contento al mismo tiempo." Su encendedor dorado encendió rápidamente, y ella inhaló el dulce humo. "Ella ama toda esa mierda. Bebés, iglesia, sociales, bailes públicos – cualquier oportunidad para usa el disfraz o abrazar algo." Gloria dijo resoplando, "Teresa cree que ella es una mujer, cuando en realidad, no es más que una bebé ella misma."

"Ella aprenderá, ¿no crees?"

Gloria se inclinó hacia Jorge, le sopló el humo en su cara, y le dijo, "Hay que apretarle la rienda. Eso es lo que yo pienso."

"¿Qué significa…?"

"Mi significado es simple. Esta niñita no sabe ni una cosa acerca de hombres – gustándole uno, ó guardándolo."

"¿Y tú sí?

"¿Cómo te atreves a preguntarme tal cosa?" Gloria se levantó para aplastar la colilla del cigarrillo en un cenicero de cristal que estaba en la mesa junto a donde Ruiz estaba sentado. Ella se volteó hacia él y puso una mano encima de su solapa, acariciando la tela suave. "O eres un idiota, ó me estás tanteando." Ella agarró la solapa con más fuerza de lo que él lo esperaba. "Y mientras que aborrezco idiotas, me sienta bien cierto tanteo."

El, quitó rápidamente con su mano la muñeca de Gloria, cual mano todavía tocaba la solapa, y la llevó para colocarla encima de sus piernas.

"No habría nada más placentero para mí, que el de tantearte," le dijo, "Pero seamos francos. Tú te casas en el tiempo de un mes, y tu hermana y yo en seis."
Ella hacía muecas feroces mientras que placenteramente, se retorcía arriba de las piernas de Ruiz. Así que, hagamos arreglos desde ahorita para no perder el tiempo durante el tumulto que tales ceremonias pueden crear. Yo tengo mi propio departamento en Volcanes, ¿Sí lo sabes?" Gloria asintió vigorosamente con la cabeza. "Te espero allá, tarde hoy en la noche. ¿Vendrás?"

"En mi mejor vestido," le contestó, desatándose de los brazos de Ruiz, que la apretaban. "¿Así que ya decidimos? Tú te casas con mi hermana ¿y vives los mejores momentos solamente en mi cama?"

Jorge Ruiz sonrió levantando los hombros. "Tengo obligaciones sagradas, cuñada. Yo debe darle niños. ¿Qué no es lo que la iglesia ordena?

Gloria le regresó su sonrisa con una sonrisa fingida y ponzoñosa. "Copulación no tiene que ser placentera," ella dijo. "Y con Teresa, será como hacerle el amor a un pescado. Yo misma le he enseñado el propio procedimiento."

Ruiz se mordió los labios para no reírse fuerte, y así no sobresaltar a las criadas en el siguiente cuarto. "Estoy seguro que has enseñado muy bien a tu hermana sus obligaciones matrimoniales – ¿Se pondrá a contemplar el techo cuando esté acostada recatadamente?"

"Puedes contar con eso."

"Si tú te casas con este hombre, hija, entonces no eres mi hija." Portensia Montelejos levantó su dedo en el aire como seña de un juramento a Dios. "Que Dios haga de tu vida un infierno, y yo no levantaré ni un dedo para salvarte – aunque estés harapienta y limosneando en las calles."

Teresa puso los ojos en blanco. "¡Cómo exageras, mamá!"

Portensia respiraba a través de su nariz, tratando ella misma de calmarse. El pretendiente de su hija, cualquier americano en ropas caras, esperaba en el otra lado de la puerta, esperando tomar de su lado a su hija única

"El es un buen hombre, mamá."

"¿Estás ciega, niña? Ese hombre tiene lo mujeriego escrito sobre toda su congraciada cara, llena de zalamería. Esto lo espero de tu padre, ¿pero de ti? Dios Mío, ¿Acaso no ves la verdad?"

Teresa tomó las manos de su madre entre las suyas. "El esposo de Gloria también es un buen esposo, mamá. Jorge me ama y cuidará de mí."

Portensia se zafó de las manos de su hija. "Ay Teresita. ¿Qué no ves que ningún hombre cuidaría de una esposa enferma? A el sólo le importa su estatura social, poder decir que es un Montelejos. Con tu apellido el prosperará, y tú estarás acompañada cada noche sólo con tus lágrimas. Tú has estado escuchando las mentiras de tu hermana otra vez."

"Tú estás equivocada, mamá. El será un buen marido para mí."

"¡El ni siquiera es católico!"

"Se convirtió."

Portensia rechinó los dientes, y sintió que su corazón se le agitaba adentro de su pecho.

"No te convencen el desatino y la locura de tus sueños, Teresa? Después de vivir tantos años en la casa de tu madre sin la corrupción de un hombre – no harás caso de mis advertencias?"

"Papá ha consentido con la boda, mamá," Teresa dijo firmemente. "Y mientras que tú siempre has dicho que el matrimonio esta dentro el realmo femenino, la ley no está de acuerdo contigo. Yo me casaré con Jorge, y el me cuidará." La voz de Teresa se suavizó y dijo, "De la misma manera que tú has cuidado de mi."

Portensia se acercó a la ventana, entristecida por los ojos de su hija tan llenos de esperanza, sueños, fantasías y ceguera; levantó otra vez el dedo al aire. "Teresa, Yo soy una mujer de palabra. Yo salvé a tu hermana, a dos mujeres, a un recién nacido y a mí misma de la Revolución. Yo compré esta casa las joyas de mi madre y la convertí en nuestro hogar. Te di la vida, aunque tomó un poco de la mía. Hice un pacto con Dios para que te dejara vivir, y que yo alabaría Su Nombre cada día de mi vida." Su mano cayó a su lado, y su cara envejeció diez años en ese momento. "Pero hija, si tú te casas con este hombre, tú lo haces sola. Tú serás como si fueses una huérfana que debe atenerse a la caridad de extraños, y familiares distantes. Tú serás dejada a la deriva en el mar Desconocido, y yo no estaré ahí para ayudarte, ya que tú sola determinaste este curso para ti misma – Yo te dejaré para que tu vivas tu destino."

Alentada por la palabras de su hermana, la ansiedad de ser acariciada por hombre, y la imprudencia de la juventud hicieron que Teresa se acercara a su madre, la besara en la mejilla y caminara afuera de su casa para siempre.

Dentro del mismo mes, Gloria Vásquez y Guiermo Fuentes de Solis se casaron. En el día de la boda, doce jovencitas fueron coronadas con frutas para bailar en el patio de Santo Domingo, atrás de unos enormes marionetas de papel maché – siempre lo mismo, ya que era el único teatro de esta clase en el pueblo. Las masivas cabezas redondas de un hombre y una mujer eran balanceadas por hombres que sudaban, saltaban y jadeaban al ritmo del estruendoso baile ritual. Había un globo cubierto con los nombres de los recién casados, el cual giraba al lado, cabezas decoradas al estilo de los indígenas, que se movía formando torbellinos, y los hombres debajo de las cabezas sudaban. El globo giró, las jovencitas arrastraron sus pies, y la multitud se entremezcló con amigos y los familiares cantaron y posaron para los fotógrafos bajo el sol ardiente.

La misa nupcial no fue más larga que de costumbre, y sólo rivalizó con el tiempo que la novia tomó en hacer posible de caminar hacia al altar con todo y su larga cola. La misa estaba abierta para todos los feligreses, y a aquéllos invitados a presenciar como testigos un milagro, usaban sus mejores ropas. Era la unión de dos familias más viejas que la misma República. Las velas brillaban desde el altar para dar luz a las caras atentas que enmarcaban el marco de dos pisos de las puertas de madera. Las invitaciones, que llegaron a las casas más exclusivas de la ciudad, dos meses con anticipación, estaban escritas con letras de oro, conteniendo el envidiado boleto de entrada a la recepción, y perfumada con la última esencia de París. Una pequeña fortuna se había gastado en la celebración. El champaña había corrido hasta que el tío de alguien había sido recogido del suelo por cuarta vez.

Cuando Teresa siguió a su hermana seis meses más tarde, las marionetas no fueron contratadas – nadie bailó, ni jadeó debajo de las enormes cabezas ni de los globos. Portensia no soltó los fondos necesarios para tal celebración. – una que ella negaba hasta la hora en que ocurrió. Hernando pagó por una comida modesta en un local cercano, pero nadie envidiaba ser invitado, y meramente vinieron por tristeza y de obligación social. Casarse en la iglesia católica era gratis para todos sus hijos. Ruiz tenía solamente que convertirse a su doctrina para atender como el novio.

La novia usó un simple vestido blanco, ignorante de lo que estaba *en Vogue* más al norte, pero impactantemente sencillo desde el punto de vista de la alta sociedad oaxaqueña. No había encaje o lentejuela, ni perlas bordados en el vestido de Teresa. Ni tampoco una cola inundando la iglesia ó su vestido. Pero su cara, llena de orgullo, susto, alegría y determinación eran más adecuadas que las perlas y los diamantes. Hernando lloró de alivio cuando Teresa entró a la iglesia sola, a encontrarse con Jorge Ruiz, que estaba parado con él delante del sacerdote. Su hermana se había enfermado repentinamente la noche anterior, descubriendo que ella no tenía las agallas de ver como su amante se casaba con su hermana.

Habiendo tomado a Jorge por su amante, Gloria sabía que sólo era cuestión de tiempo lo que prevenía a Teresa en descubrir la verdadera naturaleza de su esposo. Era la esperanza de Gloria que Teresa estuviese muerta y cortada por gusanos antes que ella supiese que Jorge era el más sucio y el más listo amante que Gloria había poseído. Él podía solamente hacer cosas con sus manos que la hacían quejarse con deleite. Ellos hicieron el amor frenéticamente, con dulce crueldad, devolviendo golpe por golpe – porque mientras que ella le pellizcaba su pezón muy apretado, ó lo mordía con sus dientes filosos, él le jalaba el pelo de su obscuro nido, ó suavemente le cacheteaba la cara.

A Jorge también le gustaba que ella usara las pieles y diamantes que su esposa le regalaba, y los tiraba al suelo en burlándose con enojo por sus infantiles maneras, solo para empezar el juego otra vez. En los ojos de Gloria, Guiermo era solo igual a la buey de su media hermana y él ni siquiera podía preguntarle si era permitido en su recamara. Ella mezclaba raíces y veneno en la sopa para conservarlo dócil, pero nunca se dio cuenta que Guiermo no confiaba en su esposa suficientemente para comer lo que ella le preparaba solita. Siempre siendo un caballero español, Guiermo se hizo más silencioso con cada día que pasaba – Gloria no sospechó que el ya tenía sus propias maneras de retener su juventud.

Ruis vendría, riéndose y demandando los comentarios Sardónicos de Gloria más cocteles, pero se quedaba para el rudo abrazo y nalgueo que ella esperaba temblando en anticipación. Se comportaban como sus fantasías se lo dictaban, ya que ninguno de los dos se habían casado por amor, sino por dinero y admiración. Ellos nunca se hubieran podido haber casado el uno con el otro.

"Nuestros pecados mueren con nosotros – no ladrón nos tomarán en la noche," Jorge una vez le dijo. "Nosotros viviremos más que ellos."

Gloria acostó su cabeza sobre su brazo extendido, vestida en el meticuloso estilo que sólo a las Vásquez les quedaba: pieles de zorro, diamantes, perlas a manos llenas, y preguntó, "¿No sientes pena por ella nunca?"

El respondió, "Nunca. Espero que se pudra en una infierno de bilis."

"¿Qué es lo que ella te hizo?" Gloria le preguntó a Ruiz, cuando él le encendía un cigarrillo, el encendedor dorado brillaba con el fuego que reflejaba. Él no contestó rápidamente.

"Tus compatriotas los Mexicanos son un pueblo odioso," él finalmente dijo.

Ella se dio una carcajada con la garganta. "Y tú eres el vendedor de globos."

"Él es el peor – y además un charlatán." Él le pellizcó la mejilla y ella le sopló humo en su cara.

"Ya me cansé de ti, viejo."

Jorge se sentó encima de las almohadas y contempló a su cuñada. Entonces el hizo una mueca y acarició un pezón a la vista, y el tierno gesto animó su amante.

"Cuando vine aquí nadie me ponían atención. Era un Don Nadie," y paró de hablar, esperando un comentario barbárico. Los ojos de Gloria estaban cerrados, pensando en el intento del dedo acariciando su seno. "un Don Nadie," él continuó, "hasta que conocí a tu padre." Los ojos de Jorge miraron hacia el pasado, ni siquiera hacían más de diez años que él había estado sin un quinto, hambriento, un prisionero americano recientemente dejado en libertad – despreciado e incapacitado de encontrar trabajo, aún de los más humildes. "El me dio un nuevo nombre, que todavía lo llevo conmigo."

"Tú eres un tonto en tomar cualquier cosa de mi padre, otra que no sea dinero." Los ojos de Gloria se abrieron tan chiquitos como una rendija, "Especialmente su hija."

"Debes admitir que él tiene muy buenas historias." Gloria se encogió de hombros. "Una particularmente. Que el nombre de tu padre no es Hernando, como tu has pensado siempre, sino Ernesto. Hernando es un primo muerto desde hace mucho tiempo, y quien murió por la gloriosa Revolución."

Gloria se sentó y le dio un manazo en la mano para que se la quitara de encima.

"O algo por el estilo. No lo he podido acabado de entender." Jorge continuó, "Nadie es quien dice ser. Los jugadores cambiaron antes que tu eras suficientemente mayor para ordeñar a un gato." Él acercó sus labios encima de sus pechos y los mordió delicadamente. "Al final, todos somos mentirosos," él dijo.

Estando parado enfrente del sacerdote y tomando el juramente nupcial, Ruiz recordó haber dicho esas cosas a su amante, quien ahora era su cuñada – su admisión de odio por la cara de estúpida dona que tenía Teresa y su desesperación en complacerlo a él sin ningún conocimiento de que un hombre necesita ser complacido, por su anhelo de darle un hijo sin el conocimiento de lo que requeriría tal acto, por el vacío de sus ojos y de sus pensamientos – y el repitió en eco las palabras sin significado que el sacerdote le preguntó.

Ya eran nueve meses desde la semana de su noche de boda cuando Gloria dio a luz a su primer bebé – un hijo, la misma cara de su padre Guiermo, con todo y escupitajos. Fue una preñez difícil para todos menos para la madre. Los enojos de Gloria estaban grandemente disculpados, así como las emociones eruptivas en público y en privado. Privado de la cama de su esposa cuando ella encontró que estaba embarazada, Guiermo, quien había rogado al cielo por el hijo que siempre había querido, y miedoso que el parto matara a su segunda esposa, como había matado a la primera, se aguantó los peligrosos cambios de temperamento, sus apetitos rabiosos, los insultos y burlas porque pensó que su comportamiento era natural a una mujer en su posición. Él pensaba que tal vez el bebé adentro de ella sería un tragador de fuego, un hombre de deportes de proporciones espartanas, un guerrero. Cuando el bebé nació, nació dócil y rubio como el papá y su madre lloró decepcionada y se lo puso en los brazos a la nodriza que estaba junto a ella.

Guiermo estaba rebozando de alegría con su hijo. Él no le negaba nada al niño y fue solamente invitado otra vez a la habitación de su esposa cuando ella fue corregida por su suegra, "Seguramente ya estás suficientemente curada de tu parto" la matrona le dijo, "Sé fértil otra vez, y dale a esta familia otro heredero."

Gloria enojada ante tal sugerencia, que ella debería ser fértil como la tierra, esperó a que en realidad estuviera en esa condición y se embarazó de Guiermo otra vez – y juró que sería la última vez. Cuando el segundo bebé nació, otra vez, rubio y dócil como el papá, Guiermo nunca jamás fue invitado otra vez en el aposento de su esposa. Los niños fueron educados por su padre, y por varias nanas, ya que Gloria se encontraba ocupada con su propia vida social y sus amoríos con Jorge Ruiz.

Teresa observaba a su hermana dar luz a sus niños, y se volteaba en disgusto cuando ellos salían de su vientre, y estaba grandemente entristecida – pero también roja de envidia. Ella engatusaba a Jorge para que se quedara con ella en las noches, y se acostaba muy quieta, como ella había sido enseñada, mientras que el gruñía arriba de ella, echándole su semilla adentro de su cuerpo. Tres veces ella había concebido, solamente para perderlos en las primeras semanas, tres veces ella había mandado a su criada a la puerta de Portensia, y tres veces Portensia se había negado. "Tu madre mandó a Guadalupe con un mensaje para usted," la criada le reportaba. "Ella dice, 'Un juramento a Dios es inquebrantable." Con los ojos rojos de tanto llorar, Teresa fue a ver a Gloria para rogarle su ayuda.

"¡No los puedo llevar a término!" ella lloriqueó a través de la garganta y llanto. "¿Qué puedo hacer?" ella imploraba a Gloria.

"Estar agradecida," vino la respuesta de su hermana. "Los hijos son una molestia."

Dos pasos atrás de Teresa, habiéndose deslizado ahí al sonido de su dulce voz, el Señor Fuentes de Solis se paraba escuchando tras las puertas pesadas de madera que estaban en el patio, apretándose las manos. Algunas semanas antes, la familia había ido a misa todos juntos, como era su costumbre, y él había notado a su cuñada con ojos brillantes y etéreos.

"Hermana," él le cuchicheó a la oreja, "Te ves santa en tu devoción esta mañana."

"¡Estoy embarazada!" Teresa le susurró muy emocionada.

"¡Felicidades!" él le dijo, ya que había oído chismes que Teresa ya había perdido otros dos niños. Preocupado por la pobrecita jovencita, tan esperanzada y tan radiante en su dicha, él le preguntó a la sirvienta por ella más tarde – ya que Gloria no se molestaba en hablarle acerca de tales cosas.

"No, Señor, la Señora ya no está embarazada," la sirvienta le dijo, espiando sobre su hombro que su patrona no la viera hablando con su marido. "Se salió de ella como agua de una fuente."

Él Señor frunció las cejas y asintió con la cabeza que él había entendido; no más conversación era necesaria.

Ahora, viendo a Teresa pérdida en abyecta miseria, su corazón se contrajo con piedad. Por ella. Era solo natural que la jovencita quisiera tener un bebé. El nada más sabía que los niños eran las joyas en las coronas de sus madres. Él siempre había creído que su propia esposa un día vería a sus hijos como rubís – que seguramente las locuras de su esposa pasarían. Y ahora viendo a Teresa desolada, se maravillaba a la fuerza de que había en eso – la absoluta insistencia a través de tantas fallas, que ella debería ser una madre. Guiermo se dio cuenta de cómo admiraba la tenacidad de su cuñada, cuanta ternura ella poseía que la hacía sentir tan profundamente, que bravura de persistir ante tantas pérdidas.

"¿Qué debo hacer?" Teresa chillaba débilmente, agarrando su dolorido pecho con ambas manos. Gloria vio que azules estaban los labios de su hermana, y esperaba que Teresa se hiciera ella misma tan enferma para que descansara en la cama y la dejara ir a ver a Jorge, a su secreto apartamento que él tenía en una calle cerca del zócalo.

Ella la consoló dándole palmadas en la espalda, fingiendo preocupación.

"Tal vez tu debiste haber tratado de no perder el ultimo niño," Gloria ofreció su comentario.

Teresa tenía hipo y se limpió la cara. Él Dr. Sánchez dice que me matará."

"Yo pensé que tu querías uno," Gloria dijo fríamente.

"Si hermana, si quiero," Teresa le contestó. "¿Conoces otro doctor que quisiese ayudarme?"

Gloria sabía, pero en su lugar le recomendó, "¿Has tratado la raíz de Yoruba?""

Teresa miserablemente movió la cabeza.

"¿Qué no quieres embarazarte una vez más? Teresa asintió y secó sus lágrimas.

"Bebe raíz de Yoruba en tu té cuando estés de regreso en tu casa y entonces mira." Gloria llamó a una de las sirvientas. "Ve y tráeme Yoruba de la alacena," ella dijo. La cual fue traída y sacó otra raíz marchita de su bolsillo. Ella se las dio a Teresa en un sachet, las yerbas inducían al romance y a la fertilidad. El sabía que traer un niño al mundo mataría a su hermana, pero meramente sonreía al dárselas en la mano a Teresa. "Si tu estás segura," Gloria le dijo, en cuanto a su esposo, sabiendo lo que su esposa sabía y más, se fue de puntitas con la poca dignidad que pudo retener.

Guiermo Fuentes de Solis se metió a su vestidor y cerró la puerta atrás de él tan calladamente como pudo ser posible. El suspiró por esa dulce niña, tan parecida a su difunta esposa. Si Portensia la hubiera mencionado a ella primero, si él hubiese conocido primero a Teresa, si ella no estuviese tan enferma…Guiermo sabía como su avanzada edad le pareciere a ésta mujer tan joven. Gloria no había estado tan joven cuando él se había casado con ella, pero Teresa, fresca, triste, digna de su deseo, suave, era joven de cara, cuerpo y alma. Sus manos temblaban de sólo pensar en ella. Su primera esposa había muerto de parto, junto con su hijo, y oyendo a Portensia Montelejos parloteando acerca de su hijastra, había concedido conocer a la chica. Enseguida el reconoció la inteligencia guardada y el genio agudo, pero fue su belleza lo que se le grabó más a Guiermo Fuentes de Solis, solitario desde la muerte de su esposa. Gloria no estaba lista a complacerlo, lo que a él le atraía, y sabía todas las gracias sociales que el esperaba de las mujeres de su mundo. Al principio, el trató de conversar con ella solamente para encontrar paredes de piedra. Nacido rico, él naturalmente asumía que esta era la manera en que una mujer demandaba regalos finos – que ella había sido tan finamente educada, que simplemente no los pedía. El continuaba haciéndose impecable plática consigo mismo, y presentando a Gloria con pieles y joyas, y aun así, todavía él era tratado con silencio.

¿Acaso Teresa lo encontraría tan repulsivo como lo encontraba Gloria? ¿Era él acaso repulsivo? Él se estudiaba a sí mismo, y se jalaba el cabello, se sentía el pecho, se inflaba los cachetes. Se sentía un hombre viejo a los cincuenta y cinco, pero tal vez Teresa no lo creería así.

Guiermo la encontró al siguiente día llorando en la cocina. "¿Qué pasa Tere?" le preguntó.

"Es Jorge," ella se quejó. "Él no tiene tiempo para mi, y mis planes están arruinados." Ella lloraba más fuerte y agarraba la taza de café, la cual había sido llenada solamente esta mañana, con la raíz necesaria para facilitar la concepción. "¿En dónde está Gloria? Necesito más de esta raíz."

El Señor Fuentes de Solis vino a su lado y la abrazó, tratando de transmitir su amor por ella, aunque era un simple toque. Guiermo la sintió un poco tensa y luego relajada cuando ella acomodó su cabello claro y suave encima de su hombro. En su aflicción, sus lágrimas, calientes y excesivas, cayeron sobre un hombro que le era familiar.

"No sé, Tere," él le contestó.

Ella se zafó de su abrazo y Guiermo no pudo contenerse más. El trajo su boca a la de ella y cuando ella le correspondió la ternura, él la llevó hacia la recamara, y muy animado la acostó en la cama. Teresa entretenida con tales tratos, respondió como una flor que abre en primavera, y gritó en completa necesidad. Sin oyendo ó mirando, el par consumó sus deseos frustrados hasta que cada uno miró en los ojos del otro y vieron las realidades de su situación.

Teresa fue la primera en saltar y cubrirse una vez que el fuego de sus entrañas se hubo extinguido; su cara estaba roja con vergüenza, y escapó la cama de su cuñado, aterrorizada por lo que acababa de hacer, y del castigo que la esperaba por tal acción. Insegura de qué hacer, se escondió en el closet de su recamara matrimonial como un niño que roba dulces prohibidos y llora lágrimas de arrepentimiento.

Guiermo, más apenado que él había confundido a su cuñada con la encarnación de su primera esposa (aunque ella nunca había sido tan torpe en satisfacer los deseos de un hombre) que por este único adulterio, confesó se al día siguiente con el sacerdote.

"He copulado con la media hermana de mi esposa," le dijo al padre.

"¿En tu corazón ó con tu cuerpo?"

"Con mi cuerpo."

"¿Le pediste al Señor por su perdón y juraste nunca otra vez cometer el pecado el adulterio?"

"Lo hice."

El sacerdote le asignó el trabajo de su penitencia, la cual Guiermo completó fácilmente, y entonces ya no pensó más acerca del asunto.

Cuando Teresa se encontró que estaba embarazado un mes más tarde, Guiermo dio gracias al Salvador que Jorge Ruiz finalmente había logrado su deber de marido, y que nunca dudó la paternidad de su hijo. El hijo, de acuerdo a Guiermo, había sido concebido por Jorge Ruiz. Pero fue cuando su propia esposa fue también hallada con un embarazo, con un niño que Guiermo sabía que su deber como marido había terminado, ya que él no había estado en su cama desde que Gloria había cargado con su segundo hijo.

Las hermanas crecieron gordas juntas, Teresa radiante de alegría, Gloria malhumorada, pero llevando al hijo sin enfermarse, pensando que ambas llevaban los hijos de un solo padre.

"¿Qué nombre le pondrás a tu bebé?" Teresa le preguntó un día cuando estaban sentadas en el patio.

"Jaime," Gloria contestó, tratando de reconstruir una receta de memoria la cual, Concepción (ahora ya casi setenta) le había enseñado.

Teresa acarició su panza y dijo con ojos de misterio, "A Jorge le gusta el nombre de Paulina," Gloria preocupada con la receta, no respondió. "Parece que es un nombre que no se oye mucho. Un nombre que suena dulce cuando lo dices. Y por supuesto, si es niño, se llamará Jorge."

Gloria recordó la receta (una que hacía que los bebés nacieran antes de tiempo, de las entrañas de la madre) y trajo la atención de su hermana, mugiendo como una vaca con becerro. "Qué hermoso," ella dijo. "Yo escogí Jaime porque éste fue la nombre del abuelo de Guiermo."

"¡Ah! Un nombre de familia," Teresa sonrió, "que dulce de ti en honrar a tu marido de esta forma, hermana.

Gloria se agarró de la mesa y movió pesadamente sus pies. "Sí. Ahora, si me perdonas," dijo, "quiero hacer algo en la cocina."

"Pero hermana, ¿Qué tal si tienes una niña?"

Gloria solo pausó por un momento. "Yo no tengo niñas, Teresa," ella dijo. "Yo solo doy a luz a hombres."

Jaime Vásquez de Solis fue nacido tres semanas antes de tiempo, chiquito y arrugado como una manzana de verano, y fue traído a su padre mientras su madre dormía. Guiermo miró a su hijo y sabía que este no era su hijo, pero se enamoró de él de todas maneras. Cuando Gloria, habiendo solo estado con los dolores del parto por una hora, despertó y llamó para que le trajeran al bebé, con la sorpresa de toda la casa entera, ella amorosamente acarició su cara. "Qué tu seas como tu padre," ella le habló quedito a su orejita, y Ruiz, estaba excesivamente alegre de ver que finalmente su semilla se manifestaba en algo vivo, difícilmente se podía alejar de la cama de Gloria. El vino solamente cuando los mandatos de la sociedad le permitían, con su propia esposa a su lado, casi lista para su hora de parte también. Teresa cargó al chiquito sobre la mesa que su estómago creaba, e inocentemente remarcó, "Él es igualito a ti, Gloria. No veo a Guiermo en él para nada." Aquéllos adentro de la recamara se rieron de buena gana, ya que nada podía arruinar la paz de una madre que está complacida con su nuevo recién nacido, pero los ojos de Gloria se hicieron angostos imperceptiblemente. "Puede ver a Guiermo en su boca," protestó, "sí, tienen la misma boca."

Si, si, fue afirmado por todos los presentes que el bebé tenía la boca de su padre – aunque en realidad él no la tenía.

"Ya vendrá tu tiempo Teresa," Ruiz le dijo a su esposa. "Pronto tendremos otra nacimiento que celebrar, ¿Sí?"

Teresa, nunca antes se había sentido el centro de atracción, ni tan especial, ni tan amada, sonrió contentamente y le devolvió el niño a su mamá. "Pronto," ella dijo, y se frotó la barriga.

Sus dolores de parto empezaron dos días más tarde, cuando nadie estaba en la casa. Como fueron progresando, Teresa no pudo ir a pedir ayuda por sí misma – como ella además ya estaba afectada con la propia tensión de su enfermedad, no pudo pararse por más de cinco minutos. Los dolores crecieron en duración e intensidad, así como ella esperaba que alguien viniera a ayudarla – no teniendo la suficiente fuerza para ella misma llamar por ayuda. Teresa se acostó encima del piso de ladrillos fríos, guardando la energía para lo que había de venir, y se preguntaba en dónde su esposo podría estar. Ella respiraba profundo y estaba completamente sin miedo. Fue en ese momento que Teresa repentinamente entendió los enlodados detalles de su vida enclaustrada. Su hermana y su marido eran adúlteros. Jaime era el retoño de su marido, tanto como su propio hijo era el retoño de Guiermo. Ella era una adúltera. Teresa estaba manchada con pecado y su esposo, su hermana, y su cuñado estaban condenados.

Su madre había estado en lo cierto. Ella había sido embaucada. Los dolores se calmaron, y Teresa se las arregló para levantarse del suelo.

"¡María Eugenia!" ella llamó a su vecina, jadeándose con el esfuerzo, "¡Necesito tu ayuda!"

Este bebé, Teresa reflexionaba mientras dormía en sus brazos, era perfecto, y aunque ahora el mundo se había llenado de manchas en los nuevos ojos de Teresa, recientemente abiertos, esta cosa perfecta, ahora de ella, debería de ser salvada del fango de su familia.

Le acarició el pelo al bebé, como si fueran los hilos de la más fina de las telarañas, y se preguntó – por cuánto tiempo ella vivirá. ¿Quién la protegería de Gloria y Jorge cuando ella se iría de este mundo? Ella no tenía a nadie sin María Eugenia, quien había sido siempre una mujer vieja – eternamente así ella se quedaría.

"¿Quién te cuidará, hija mía?" Ella se preguntó en voz alta. La bebé se veía fuerte e inteligente – y sin embargo un halo de tristeza y profundidad rodeaban a la niña. Pero ciertamente, no niño podría saber esto. Sus ojos no habían sido azules como otras habían predicho, aún los más pequeños si los tenían. Esta creatura nunca había sido ciega ó sorda. Sus ojos estaban abierto al nacer – viendo fijo, sin parpadear, viejos como los ciclos del vienta de la lluvia.

"¿Quién era esta creatura que una enfermiza jovencita había dado a luz?" Teresa se preguntaba a sí misma.

El halo alrededor de esta niña, un brillo visible, fue más fuertemente observado en el nacimiento. La partera estaba sorprendida cuando estaba sentada entre las piernas de Teresa. "¡Mira! – ¡el bebé esta hecho de luz!"

Teresa había visto hacia abajo entre los dolores y también había visto esta luz. ¿Qué no era su vientre la obscuridad por la cual un niño ciego ha venido, lo mismo que para todas la demás madres? El emergió cuando Teresa estaba viendo – la cara hacia los cielos, sus ojos abiertos, café obscuros, y sosteniendo preguntas y acertijos que Teresa sabía que no podría contestar.

"Tú no le dirás a nadie de estos evento,s" le dijo a la partera. La gente era extraña acerca de los nacimientos. Miraban también milagros en las tortillas; seguramente ellos chismearían acerca del niño que vino al mundo por un vientre de luz.

La partera todavía con la boca abierta por la impresión, le asintió la cabeza para complacerla. Ella sabía que la gente hablaría de milagros ó brujerías y cualquiera de los dos podría marcar a la niña de por vida.

Teresa amamantó ella misma a su hija, a la consternación de Gloria y de la alta sociedad oaxaqueña. Cuando Ruiz vino a ver al bebé, él no se vio en los rasgos de la creatura. Él supo inmediatamente que esta no era su semilla, y aún más, que no era de este mundo.

"Mi hija," él dijo, estrechando sus brazos para cargarla. Teresa movió la cabeza y abrazó fuerte al bebé. "Regresa a ver a mi hermana, Jorge. Este niño se queda en mis brazos."

"¿Me niegas a mi hija?"

"Mírala a los ojos, Jorge Ruiz. Esta no es tu hija."

Se agachó, y miró en los ojos de la recién nacida y no pudo ver una reflexión familiar en sus ojos grandes color chocolate. Ellos desbordaban inteligencia y un entendimiento del mundo, que él no poseía. Sin embargo, no pudo quitarle la mirada. Fue entonces que Jorge Ruiz se enamoró de la hija de su esposa. Anheló ser aceptado por ella y ser permitido de entrar al jardín atrás de esos enormes ojos claros como el cristal. Él sabía que le costaría la vida entera en perseguirla a ella tratando de ganársela ó forzar su seguridad. Él estaba contento con mirar en esos adorables ojos cafés, hasta que él mismo dejara este mundo, no importándole haber vivido en la más vana de las esperanzas – que esta niña lo amara.

"Já," él le dijo a Teresa, arrancándose el mismo de la mirada de la niña, "Tú tienes razón. Este no es mi bebé. Pero escucha mujer, oye lo que te digo: en los ojos del Dios y del mundo, tú eres mi esposa, este es mi hijo, y a menos que quieras vivir de la caridad de primos distantes, tú no le revelarás a nadie, ni siquiera a mí de la paternidad de esta niña.

Teresa estuvo de acuerdo y Jorge Ruiz regresó con Gloria.

Gloria nunca se puso a pensar de cuanto sabía su hermana de sus amoríos con Jorge Ruiz. Ella siempre pensó que la prevalente característica de su hermana era la idiotez. Se ponía a pelear y discutir todo el día con Jorge, quejarse de la falta de sirvientas (lo cual hacía que Gloria se deleitara con

risa) y chocheaba con esa cara de bebé, pero Gloria
sabía – nada de esto importaba, porque ninguno de
los dos estaba sin falta.

Ella sabía que Teresa y Jorge argumentaban,
pero él siempre era suficientemente listo para
mantener el tema del trabajo que nunca terminaba,
las faltas de Teresa, y su hija – quienes huían de él a
l primer vistazo.

Fue María Eugenia quien empecé todo el
chisme. Esa María Eugenia amenazó con quitarlo de
con Teresa y exponerlo a la sociedad como un
fraudulento, pretencioso mentiroso. Jorge le dijo a
Gloria acerca de lo que ella le había dicho a él en la
misa del domingo.

"Tengo unos parientes lejanos quienes dicen
que tú eras presidiario," María Eugenia le había
dicho. "La verdad siempre sale," ella le prometió.

"Ahorita me deshago de ella," Gloria juró
cuando escuchó esto.

"No seas estúpida," el respondió. "Esa mujer
es un pilar – ella y su esposo son propietarios de la
mitad de la Ciudad de Oaxaca.

"Entonces la haré sufrir," Gloria le prometió.

161

Gloria no podía ver a bebé de Teresa con su carita blanca sin preguntarse ¿Quién sería el padre? ¿Sería su sangre más poderosa como para eliminar la maldición de la madre? La bebé, hasta ahora, parecía sana – como si hubiera escapado el espantoso destino de las mujeres Montelejos. Portensia vivía en estricta austeridad, y Teresa se estaría llenando de molde en su tumba muy pronto. Gloria ya se había dado cuenta que ésta era más fuerte de lo que Teresa había sido a la misma edad. Sus ojitos le brillaban, su risita era bulliciosa, y sus piernitas aunque todavía no firmes, caminaban con seguridad. No lloraba cuando se caía y fácilmente podía manipular el cuchillo, tenedor y cuchara a una edad, ompresionantemente, a muy temprana edad. Claro, Gloria se dio cuenta de que esta niña no era tonta. Ella algún día sabrá quién es su papá, y no es el hombre a quien ya trata con indiferencia. Paulinita encontrará la verdad.

Solamente entonces podría Gloria finalmente dispensar a las Montelejos y tomar a Jorge lejos de este maldito infierno. Que el antipático, repulsivo, cara de babuino que tenía por marido muriese en una pila de su propio excremento. Eso sería sólo lo justo. Como anhelaba ver la cara de su madrastra Portensia cuando ella supiera que ella y Ruiz hubiesen huido, (claro, después de haber alimentado a Guiermo con una cucharada de su propia caca) ya que había sido Portensia quién había planeado la tortura de toda su vida entera vida. Fue Portensia la que convenció a Guiermo – un viudo – de casarse nuevamente, y esta vez, "por placer," ella había dicho. Fue Portensia otra vez, la que con tanta fuerza se opuso al matrimonio de Teresa, y fue Portensia quien apartó a su padre Hernando de su lado.

Y así Gloria estaba también convencida de que Portensia había sido la que había matado a su madre Evelyn por celos. Toda su vida, Gloria había estado segura que Portensia le había arrebatado a su madre. Si ella tomaba a Jorge, era más que justo.

Teresa estaba adulando los rizos dorados de su bebé. Cuando Gloria cachó un ojo de la niñita, ella sonrío ligeramente é hizo los ojos chiquitos; esa niñita también sabría lo que es perder a un papá, si Gloria hiciera lo que ella quería hacer y Paulina se soltó llorando.

"Ay, bebé, mi amor – ¡no llores!" Teresa se disculpó con su hermana, pensando que Paulina ya estaba cansada.

"Lo entiendo perfectamente," Gloria contestó, y calmadamente terminó su café, dibujando patrones mágicos en el azúcar. "Quizás mañana traeré a Jaime," ella sugirió a su hermana.

"Sí," Teresa le contestó, "él no debería pasar mucho tiempo con su nana."

Gloria apretó los labios agriamente. "Él se ha hecho muy lloroncito para lo que a mí me gusta," ella dijo, "Cree que oye voces."

"A lo mejor sí las oye, hermana."

"Quizás tiene el cerebro podrido." O quizás, Gloria pensó, él está siendo contaminado por tu propia mocosa.

Teresa le acarició a Paulina su cabellito sin pensarlo, y movió la cabeza. "No creo que él tiene el cerebro podrido, Gloria. Yo creo que es imaginativo."

A Gloria no le gustaba esta nueva madre en que su hermana se había convertido. Argumentaba más, y tenía una nueva seguridad en sí misma – y aunque Gloria estaba segura que Teresa era una idiota, era ella ahora una idiota que hablaba su idiota opinión.

"A lo mejor," ella respondió. "Pero no lo animo a que me hable de sus imaginaciones. Espero que crezca de ellas con más rapidez que el tiempo que ha estado hablando de ellas."

"Pero si solamente tiene tres años, Gloria."

"Yo tenía cuatro años cuando nosotros dejamos nuestro hogar de Coyoacán. Si mi niñez se acabó en ese momento, ciertamente la suya se está prolongando."

Teresa, avergonzada a la mención de su madre famosa crueldad, la huida que hicieron desde sus casas afuera de la Ciudad de México durante la Revolución, la muerte de la madre de Gloria, Evelyn, apenada de no poder defender a su madre, se quedó silenciosa.

"Lo encuentro hablándole a las voces en los árboles," Gloria continuaba, pagada de sí misma después de causar el silencio de su hermana, porque aunque el pasado no le afectaba más, encontraba que a Teresa todavía le causaba dolor – por razones que no le importaba acertar. Teresa había sido solamente una ocurrencia de su padre y que su madrastra era una usurpadora – que ella sintiera cualquier culpa, Gloria pensó que era retrasado mental.

"Él dice que hay pájaros a los cuales él habla, pero yo sé que él le está hablando a sí mismo." Ella refunfuñaba y sobaba la punta de su dedo en contra de una perla enorme en un anillo sintiendo su fría cremosidad. "Un niño extraño."

Teresa volteó hacia abajo para ver a Paulina, que parece que había estado escuchando a su tía con escepticismo y lo peor – desdén. Le dio una galleta a la niña. "Tal vez eres muy dura con él."

Gloria le dio una sonrisa fingida a su hermana. ¿De qué otra manera perderá esa piedad infernal, ese odioso amor por la misa, esa purés la cual brilla desde sus ojos constantemente – tener tal hijo del propio Jorge, tanto regocijo por crueles orígenes, cómo ella lo aguantaba? No podía ver a su amado Jorge en Jaime. Ella solo podía ver ahí la bondad de su hermana, y ella lo encontraba inaguantable.

"Él debe llegar a ser un hijo del cual es un orgullo tener, no un debilucho," le dijo a Teresa. "Él debe aprender como llegar a ser un hombre."

"Ya me debo ir a la casa. Jorge me espera ahí."

Gloria le dio una sonrisa afectada y anticipaba una larga espera para su hermana de gozar su cena, ya que ella y Jorge habían acordado verse esa noche.

Cuatro días más tarde, Teresa Montelejos se río sin sonreírse y posó para la nueva cámara de Jorge. "Voy a necesitar una para María Eugenia," ella dijo, dejando a Paulina en el suelo de la sala.

"Claro que sí," su esposo le respondió, buscando entre los cajones por la tapa de los lentes viejos. "Tú siempre quieres incluir a esa vieja en todo." Él dijo.

"Tu también me quieres quitar a mis amigos," Teresa dijo, moviendo la cabeza y levantándose del sofá, su vestido para estar en la casa, era formal y en color café. "Como te atreves, Jorge. Tengo tan poquitos placeres. Qué hombre tan egoísta eres."

Jorge Ruiz se agachó para recoger a su hija del suelo.

"No exageres, Teresa," él dijo, apretando a la niña demasiado fuerte, y tratando de ponerse cómodo con Paulina en sus brazos. "Estaba bromeando. Fue una broma, mujer, una broma. Aligérate."

"Mierda," Teresa dijo, "Y baja a la niña, que la vas a lastimar otra vez, y eso sí no lo permito."

Ruiz metió a la niñita abajo de su brazo como una pelota de futbol con su vestido color blanco y bordado aplastado como un triste tutú. "Nunca he lastimado a esta niña. Ella es mi vida, como mi vida."

Teresa resoplaba. "Ella está aterrorizada de ti, y tú bien que lo sabes. Bájala antes que me enoje contigo, Naco."

Jorge hizo lo que ella le ordenaba. La furia de Teresa era algo que el no disfrutaba. "Eres muy mandona," le dijo, observando a Paulina caminar con más firmeza junto a la escalera. "No peleemos." El hizo su voz más calmada y le colocó un dedo al peinado de su mujer. "Llévate a la niña con esa vieja y vámonos arriba."

"¿Para que yo pueda ponerme uno de ellos odiosos vestidos y pretender que soy tu sirvienta también en la recámara?" Ella se burló. "No, seré tu sirvienta de tu casa, pero no en mi propia cama."

También ella se zafó de la mano pesada que la acariciaba. "Por última vez" ella dijo, y enderezándose, ella dijo cada palabra separada, "Usa esos vestidos tú mismo." Y se fue a la cocina para comenzar la comida.

"Jorge, no puedo hacer todo este quehacer. Es demasiado," Teresa le dijo más tarde durante la semana.

"Ay Teresa," Ruiz murmuró, desde el sofá en donde descansaba. "¿Podemos pelear acerca de esto más tarde? Tengo un día muy pesado en frente de mí."

"¿Y yo no?" Los ojos de Teresa quemaron a su marido. "No me puedo relajar. Ni siquiera puedo poner mis pies en el sofá, porque cuando tú te paras, debo sacudir el polvo que dejas."

Ruiz se paró muy derechito. "¡No pienso tener extraños en mi casa, Teresa! En los Estados Unidos las mujeres hacen su propio trabajo, tú puedes hacer el tuyo."

Paulina los espiaba desde las escaleras, sus ojos tan obscuros como los corridos donde había tirado a su muñeca.

"Ay Jorge, Este no es, ni nunca será Los Estados Unidos. Nosotros no somos de esa manera. Tenemos mucho trabajo. Necesito una sirvienta. La bebé, la cocinada, la limpieza. Pulo, sudo y agacho. Es mucho. Me tienes aquí como indio. ¡Es una desgracia!"

"No," Ruiz dijo simplemente, y comenzó a subir las escaleras, llamando a Paulina. "Mi amor, ¿En dónde estás? Tu papá ya se va."

"Lo haces para enojarme," Teresa lo llamó desde abajo. "Tú no le hablas a ella a menos que yo te grite, Papá," dijo con un feo sarcasmo. "¡Y ella no te conoce!" Ruiz buscaba por todo el segundo piso mientras que la voz de ella los perseguía.

"¡Tú no eres Papá de nadie!"

"¡Qué vayas al diablo!" él finalmente le gritó de regreso y enojado porque no podía encontrar a su pequeña hija, enojado que ella se escondía cuando oía sus pasos, enojado que su esposa tenía la razón. "¡Vete al diablo!" el gritaba frustrado. Se tropezó en el pasillo obscuro y dijo majaderías. Su cara se puso roja. Miró a la muñeca de Paulina en el piso, y se agachó a recogerla. Con la intención de arrancarle su camisita y su faldita cuando Paulina lo espió desde el baño del rincón.

"Venga Mi Vida," el suavemente le dijo, llamando a su hija como un perro, olvidando la muñeca. "Venga," dijo calmadamente. "No pelearemos más. Te lo prometo." Paulina finalmente se acercó más y le permitió que la meciera en sus brazos.

"Haz tu propio desayuno," Teresa gritó abajo de ellos, envolviéndose el chal al estilo de las oaxaqueñas, doblando cada lado con destreza sobre el hombro opuesto.

Paulina se contoneaba, sabiendo que su madre iba a cerrar la puerta detrás de ella para ver en la noche a su amiga maría Eugenia, la mujer con manos suaves que olían a cebollas dulces y a chiles verdes.

"Quédate quieta" Ruiz le gritó a Paulina quien trataba de zafarse y se cayó por las escaleras llamando en una voz más fuerte que jamás nadie hubiese oído,"¡Mamá, Mamá, Mamá, Mamá!"

Teresa cachó a su hija en sus brazos y le dio a Jorge Ruiz una última mirada marchitándolo. "Tú eres no Papá," ella dijo calladamente y azotó la puerta tan duro como ella pudo.

"No sé qué hacer, María. Esta cosa con Jorge y mi hermana – es un pecado."

María Eugenia le sirvió a su amiga una taza de café con cacao. "Sí, esto es verdad. Y mientras que todos nosotros hemos pecado, algunos de nosotros hemos pecado más de lo necesario. ¿Sí?"

Paulina y Jaime se alquilaban juntos en el patio de María Eugenia, jalando yerbas de las macetas, cuchicheando como conspiradores.

"Qué bien juegan juntos, ¿verdad?" Teresa sonrió a los niños quienes cayeron en silencio cuando ella los observó. "Son como gemelos, ¿Puedes ver?"

María Eugenia de hecho vio – y se maravilló en la coincidencia. Dos niños quienes solamente compartían el mismo abuelo realmente no deberían parecerse y de todas maneras, sus movimientos eran tan parecidos, como los dos lados de una moneda. Sus características físicas se movían como dos peces en el arroyo.

Teresa volteó a ver el reloj-pedestal en la sala de María Eugenia, a través de la puerta abierta. "¡Ay María! ¿Qué hora son?" Se apuró a tomarse su café, y corrió para cargar a Paulina en sus brazos. "Se me hizo tarde – Jorge vendrá ordenando su almuerzo y yo que no se lo he hecho."

María Eugenia sostenía la puerta pesada para que ella saliese y no pudo resistir preguntar, "Teresa, ¿Porqué no tienes todavía servidumbre?"

"Ja-já, Mai Te, Ya sé. Le hablaré acerca de esto otra vez, pronto. Pero por ahora, ya se me hizo tarde." Besó la mejilla de María y corrió, sin aliento y sosteniendo a la niña en contra de su pecho adolorido, camino a su casa.

Teresa había aprendido a hacer tamales, tortas, chiles rellenos, sopas de caldo, pierna de cordero al horno y pollo frito. Aprendió los trucos del mercado y de cómo escoger las mejores frutas. La mujer que ella había llegado a ser cuando su hija vino a la luz, había aprendido a argumentar y a defenderse, a vacilar y a cocinar. No le gustaba limpiar, pero de todos modos, ¿quién iba a limpiar? Aún los sirvientes de la casa de su madre se hacían los tontos en empezar sus labores si Portensia no los observaba muy de cerca.

Su hija, un constante recordatorio a su lado, de Guiermo Fuentes de Solis, platicaba todo lo que se le ocurría sin tener sentido y con amigos imaginarios, y fantasmas que pasaban, ó se ponía a jugar con sus juguetes en el patio. Teresa había aprendido en escuchar a su corazón, cuando éste no podía tomar más fatiga, y no se iba lejos de su casa. Pero un corazón dañado es como el tic-tac de un reloj que se le va a acabar la cuerda pronto, aunque nadie está preparado cuando esto pasa.

Ella estaba moliendo maíz en la cocina cuando de repente un dolor, como una hoz rebanando a través de troncos, la golpeó. Se cayó en el patio, y Paulina saltó a sus pies, y tiró a su muñeca sobre las piedras, olvidada. "Ven mi'ja," Teresa a duras penas respirando le pidió a la niña que viniese a su lado. Los labios azules de su madre temblaban, y la niña la ayudaba a recostarse al pie de las escaleras. "Quiero abrazarte por última vez," ella acarició la cara de la pequeña niña y la besó. Las lágrimas de Paulina le cubrían su carita.

"¿Corro a traerte un doctor?" la pequeña niña le preguntó a su mamá.

"No, siéntate conmigo un ratito," su madre le contestó, respiros no muy profundos para disminuir el dolor. "Mi hija querida," dijo suavemente, "No tengas miedo. Este cuerpo pronto se irá, pero yo voy a estar contigo siempre. Recuérdame en tu corazón y sé – que un día yo voy a regresar por ti." Teresa gritó cuando su corazón se estremecía; la agonía de dejar a su hija sola en tal obscuro mundo era más de lo que podía soportar.

La pequeña sostuvo a su mamá con todas sus fuerzas, hasta que el calor de su cuerpo empezó a desvanecerse. "Ve, ahora," Teresa le susurró. "Ve y dile a María Eugenia. Te querido mucho, mi'ja,"

"No sonria para mi," el hombre le dijo a Paulina, mirando en el ataúd de su esposa, vestida en un camisón blanco, como si ella fuese a ser bautizada más tarde en el día. "Te digo," él

173

continuó, "Te digo, que yo nunca conocí a tu madre. Nunca conoceré a tu madre. Aún desde la tumba, ella no sonríe para mí, mi vida, ella sólo sonríe para ti."

Paulina alzó la vista para ver al hombre, sin parpadear y quieta. Ella sabía que era un importante hombre en la ciudad, pero siendo tan pequeña, no sabía muchas cosas acerca de él. Atenta, siempre atenta para este hombre, ella escuchaba pero no entendía. El hombre era su padre, pero un padre tan importante que Paulina raramente lo vio. El Señor Ruiz suspiraba y agarraba el hombro de su hija, el tirante negro de su vestido resbaloso, pero seco.

"Un vestido de verano no es apropiado para un funeral," las mujeres mayores le habían dicho.

"Pero ella se ve tan preciosa en ellos, déjala así," él dijo. "Solamente hazlo; no es de tu incumbencia."

Ruiz quería vestir a su esposa en el traje tradicional de la oaxaqueñas para su entierro, pero los colores eran tan brillantes, sus bordados de flores mezclaban el magenta, el anaranjado, el morado, y amarillos, temía que a Teresa no los hubiese aprobado.

"Tú quieres que yo sea tu Frida," ella le había dicho cuando él le traía esos vestidos como regalo.

"Tú eres de Oaxaca, ¿Qué no estás orgullosa?"

"Claro que sí," ella decía, "¿Y en dónde están tus espuelas y sombrero? ¿Qué no estás orgulloso?"

"Está bien, no los uses."

Paulina se puso todo lo que le ponían en frente. Ella no solo era obediente a su padre, sino a todos los que conocía, le hablaron ó no.

"¿Quieres besar a tu madre adiós, Paulina?" El Señor Ruiz la levantó a ver a su madre muerta. "Bésala de despedida, cielo. Ella se va con Dios ahora." Paulina besó a María Teresa Montelejos de Ruiz muy despacio. Bajando su cuello deliberadamente, y suavemente, ella besó los labios de su madre, solo para complacer los deseos de su padre en que ella lo hiciera.

El la sentó encima del mármol frío del piso de Santo Domingo, sus sandalias de piel besando la piedra tan pasivamente como ella había besado a su madre. La cantidad de gente que vino al funeral era muy grande, que continuaba con sus oraciones, polvorientas voces mexicanas se forzaban en cantar por el alma de Teresa y su jornada al cielo.

Paulina no demostraba emociones. Pero no era porque la catedral era malsana, ni por la inmensa presencia de su padre, o el hecho de que su madre había muerto el pasado martes y ahora se estaba caminando a Dios. Paulina Ruiz siempre estaba quieta. Quieta porque ella estaba continuamente escuchando, tratando de oír lo que sabía que eran las voces de Dios. Voces le susurraban desde los santos de piedra con las caras mirando hacia arriba, nunca escuchadas por el pueblo santando debajo de sus oraciones muy adornadas. Solo Paulina los ojos de Paulina nunca estaban quietos. Se movían para oír a una persona, y luego la siguiente, de oír una alma, y luego de oír a la siguiente.

"Tengo miedo," el alma de un niño le dijo. El miró hacia su abuelita abrazándolo apretado en contra de su sarape. Ella se irá con Dios pronto, pensó Paulina, sus ojos moviéndose del niño hacia su abuela.

La misa terminó, el sacerdote bendijo a todos aquéllos congregados en la iglesia, y muchas manos vinieron a acariciar la cabeza de la niña, a saludar a la mano de su padre. Una mano, la cual muy ligeramente olía a cebollas fritas y aceite, pero endulzadas con loción de flores, se quedaron el suficiente tiempo acariciando la cabeza de Paulina para conquistar su atención.

"Ven conmigo ahorita," María Eugenia le susurró a la niña.

"Ella no vendrá con usted," Ruiz le dijo muy calladamente, y enojado tomando de la mano de Paulina. "Mi hija viene conmigo."

Aquellos que los al redondo hicieron excusas y se alejaron, rápida y vacilantemente, sabiendo que tenían buena educación para quedarse de mirones.

"Esta no es tu creatura," María Eugenia le dijo calladamente cuando se quedaron solos. "Ella vendrá conmigo a vivir con mis hijos."

"Usted es una mujer mayor, María. ¿Acaso ya se hizo anciana? Por supuesto que esta es mi creatura, ¿Qué le hace pensar que cualquiera no estaría de acuerdo?"

"Yo sé que usted es un mal hombre." María Eugenia hundía en su pecho cada palabra. "Usted es un galanteador, un adúltero, católico de nombre solamente, y solo Dios sabe qué más. Esta creatura viene conmigo ó todo Oaxaca sabrá que es usted un fraude."

Ruiz se agachó amenazando y triturando los dientes. "Tráigame al jefe de la policía si quiere," él dijo, "y tómela por la fuerza de mi abrazo paternal." María Eugenia endureció la cara.

"Teresa me dijo todo," ella dijo.

La sangre de Ruiz se le congeló. "Aún si ella lo hizo," él dijo, recuperándose dé la impresión, "Como usted es la única que puede hacer tal reclamo, ¿Quién le va a creer?"

"Esta niña no es suya."

"Tráigame la ley – y entonces veremos cuánto derecho tiene usted de quitármela," Ruiz agarró el brazo de la pequeña y se salió apresurado.

"Te digo," el hombre le dijo a Paulina cuando ellos estaban solos otra vez. "Las cosas son muy excesivas aquí en México," El Señor Ruiz pensaba en voz alta, los ojos grandes y achocolatados de Paulina le miraban su cara decidida. "Todo el mundo siempre en tus negocios privados. Tejas no es como esto." Él tomó el hombro de Paulina otra vez y jugó con el tirante de satín de su vestido suave. "La gente en Tejas sabe ser discreta. Ahí no iremos pronto," él dijo, el tirante recordándole de Paulina. "A ti te gustará," él le dijo a ella, sonriendo en la seriedad de ella. "Los niños van al colegio en caballos, y comen naranjas todo el día. Tú estarás feliz, Paú."

Paulina no le sonreía al Señor Ruiz. "Ella solo sonríe para ti," su padre le había dicho. Pero Paulina Ruiz no sonrió para nadie. El está adolorido, le duele, ella pensó, sin parpadear. El Señor Ruiz, todavía hablando consigo mismo, en la materia del exceso, empezó a jalar los muchos vestidos de Teresa afuera del vestidor, todos oliendo al perfume de su piel, de su closet, de su vida. Esas mangas que una vez cubrieron los brazos que sostuvieron a Paulina, los collares que habían rasguñado su cara.

Dos veces al año, Teresa se había puesto uno de los vestidos oaxaqueños. Paulina había usado uno también, su propia falda completamente bordada con su blusa llena de vida con las flores y hojas, viñas enredándose alrededor de su cuerpecito color café.

Teresa le enredaba listones y flores en el largo cabello de Paulina que hacían juego con las viñas y luego se iban a pasear al zócalo con los demás.

"Deja de estarlos tocando," Paulina decía calladamente.

Ruiz puso sus manos quietas en el closet al escuchar la pequeña y clara voz de su hija. "¿Qué?" él le preguntó, después de la impresión inicial que él siempre sentía al sonido de su vocecita.

"Por favor," Paulina le pidió, y le indicó con movimiento, que cerrara la puerta.

"Oh, I see," él dijo, "Ya veo." Cerró la puerta de cedro y se hincó junto a su hija. "¿Tú no quieres verlos? ¿Te recuerdan de tu madre y yo?"

Paulina miró al hombre. Él la tomó entre sus brazos, aplastándola en contra de su camisa almidonada y corbata española, su tabaco picante cerca de la frente de Paulina.

"Siento mucho que peleé tanto con tu madre," él le hablo quedito. "No quiso decir que no la amara, mi cielo."

Paulina todavía podía ver los vestidos caseros, el azul claro, a través de una rendija en la puerta del closet. Ella lo había usado ese día, Paulina pensó. Martes. Era un martes.

"Mi pecho me duele," Paulina le dijo.

Alarmado, Ruiz demandó que el doctor la viera en ese momento, aunque ya eran pasadas las cuatro. El viejo doctor oyó su pecho, lo golpeó, lo escuchó, lo golpeó otra vez, y se sentó en el respaldo de su silla vieja de metal, la cual necesitaba algo de aceite. "Ella está enferma, Señor, ella necesitará cuidado," y eso fue lo que el hombre con el saco blanco le dijo.

Ruiz sostuvo su cabeza con sus manos. "¿Qué tan enferma?"

"Es muy pronto para poder saber. No la excite, Señor Ruiz," el hombre con el saco blanco dijo, "En cuanto vaya creciendo, será más claro que mal el problema es."
El hombre se inclinó hacia la hija de Jorge Ruiz, "Cómo te pareces a tu madre, niña. Todo va a estar bien," él dijo otra vez, soplando uno de sus guantes para ella.

Tristeza el globo le dijo a Paulina cuando crecía. *Cosa dura*. Paulina no quería el simpático globo del doctor, ni siquiera con carita jocosa que le dibujó el doctor en él.

Esa noche, la niña oyó movimientos en la sala. Cosas eran tiradas en contra de la piedra fría del suelo, y ella bajó hacia donde los sonidos provenían. El hombre, su padre, estaba acomodando cajas una arriba de la otra junto a la puerta.

"¿Eh? Oh, eres tú. Regresa a la cama, pequeñita."

Ella escuchó una vocecita que le decía desde alguna parte adentro del cuarto, "Estas eran las cosas de tu madre."

"Estas no son importantes, mi vida," el hombre dijo. El no oyó las voces de Paulina. Él estaba agachado escribiendo al lado de las cajas. "Estas son solamente tiliches y cartas, Nada. Si tú, no te duermes vas a estar cansada mañana."

"No lo dejes," dijo la voz, más cerca, de una estatua canina anexa a ella en el barandal de la escalera, casi a su hombro. Paulina se quedó quieta, sus ojos lanzando flechas de las cajas a el hombre. Muy despacio él se enderezó y miró a su hija, sin moverse en el último escalón de la escalera, sus ojos grandes y negros.

"¿Porqué estás asustada, mi vida?" El preguntó, moviéndose como si acercara a un animal salvaje. El sostenía una mano como si quisiera que ella se quedara paralizada.

"¡Vete de aquí!" el perro de la estatua ladró; le gritó en su oído, lloraba por todo el cuarto – atrás del hombre, arriba de su cabeza, adentro de las cajas. Paulina no se movió. Estaba atrapada por los ojos del hombre que la miraban constantemente, y su mano estirada. El la alcanzó y la levantó en sus brazos. Ella no podía respirar. Ella se retorcía. Él estaba tratando de arrullarla como si fuera un bebé.

"Ellas no importan," él le cuchicheó, sobándole el estómago en círculos, moviendo más abajo hasta que ella se aflojó de estar contrayendo sus músculos y se relajó. "Esas son cosas muertas, y nosotros somos las vivientes." El hombre no oía las voces de peligro. Sus ojos no estaban enfocados. Ellos no veían la sala ó las cajas. Ellos miraban hacia el futuro, donde él y su hermosa y silenciosa hija navegarían en barcos blancos y se acostarían sobre pastos verdes. En donde nadie le pudiera decir qué hacer.

Y, así, mientras que Jorge Ruiz nunca supo de la paternidad de su única hija viviente, él supo desde el momento que la vio, que esta hermosa niña había sido hecha solamente para él. Ser un Montelejos, con todas las ventajas que eso le traía, la vieja casa que sería suya un día cuando la vieja madre muriese, los hombres de negocios que conocían a su suegro, una esposa enfermiza que ahora ya se acababa de deshacer de ella – todas estas cosas se desvanecieron cuando el cargaba a Paulina en sus brazos, sus hombros calentados por el sol, todavía con plumitas de pollito. Él no podía permitir que ellos se la quitaran – ella era su amada. Él ya tenía experiencia en escapes.

Los círculos alcanzaron más abajo y más abajo hasta que el movimiento se hizo íntimo y la voz que había estado gritando se quedo callada.

Cuando fue descubierto que Ruiz se había fugado con su hermosa hija a tierras lejanas, Gloria guardó su palabra, aunque sabía que Jorge había preferido primero a su hija. Cuando él se fue sin darle oportunidad de desquitarse, escogió el único blanco que tenía sentido – la mujer responsable por su ausencia. María Eugenia nunca encontró el porqué de su dolor; que una maldición le fue dada por Gloria, para poseerla hasta que Gloria y ella dejaran de respirar.

"Mi espina vertebral está muy atorada, como si yo fuera una viejita de noventa años."

Doctores fueron citados, remedios prescritos, pero nada pudo curar, ni nada fue encontrado para quitar los dolores de María Eugenia.

"Señora, no puede hallar la explicación a su dolor," un perito en medicina le comunicó, "¿Pero acaso, está usted familiarizada con las teorías del Dr. Segismundo Freud?"

"No, no lo estoy," la buena mujer le contestó, "pero si él me puede recetar una mejor cataplasma mejor que la del último doctor, yo estaré ciertamente muy agradecida."

Sin su amiga más cercana, su prima favorita a su lado, el joven Jaime Vásquez Fuentes de Solis era castigado con mayor frecuencia. Pues él ya no tenía una madre que se absentara como lo había hecho previamente, lo cual significaba que ahora ella estaba más libre para dirigirlo en llegar a ser un hombre hecho y derecho. Y eso ella lo haría con la desviada fuerza de su determinación. Sus dos hermanos mayores, productos de una cuidadosa planificación y de los mandamientos de la iglesia, que un hombre debe ser trabajador y tener hijos, ya estaban en el colegio cuando Jaime llegó. Por esta razón, el suponía, su madre encontraba falta en todo lo que el hacía. Ella guardaba un rosario de perlas codificadas en extraños colores, y tenía el hábito de pagarlo con estas, cuando él traspasando su sentido de ánimo, ó culpable de una inocente pero ignorante silenciosa regla.

Desde sus más tiernos momentos, el entendió que su padre, el Señor Fuentes de Solis – un hombre delicado que era un inadecuado compañero de juego – lo miraba con tristeza. Los pajaritos que le hablaban (lo cual estaba bien, de acuerdo a la tía Teresa antes que ella se fuese, aunque su madre vigorosamente estaba en desacuerdo) le explicaron a Jaime que el Señor Fuentes de Solis estaba triste por su legado y su falla final. Esto nunca tuvo sentido común para Jaime, porque los pajaritos siempre usaban un lenguaje muy secreto para sus oídos jóvenes. Si las voces simplemente hubieran venido y dicho, Jorge Ruiz es tu padre y tu madre te desprecia porque él la dejó aquí en México contigo, Jaime probablemente no hubiera tenido tantos conflictos de personalidad y alucinaciones del corazón.

Era un secreto que Gloria celosamente guardaba. El hombre que Jaime conocía como su "padre," el Señor Fuentes Solís, fue en un tiempo un hombre que se imponía – próspero, talentoso, guapo y educado. Pero cuando el tiempo pasó, sus hijos crecieron en edad y estatura y lo sobrepasaron, y el silencio de Guiermo Fuentes de Solis aumentó en proporción hasta que la ocasión de oír su voz fue rara. Una vez sus tristes ojos contemplaron su último hijo, y él supo que le habían puesto los cuernos, y dejó de hablar infinitivamente.

Jorge Ruiz, antes de huir en la noche de la muerte, con la hija de Teresa, Paulina, y preocupado con la paternidad dudosa de su propia hija, ni notó la silenciosa complicidad del Señor Fuentes de Solis, ni que el tierno Jaime tenía un notable parecido a Ruiz – especialmente en los ojos. Portensia notó, pero no dijo nada, ya que ella estaba preocupada con su "juramento a Dios," y no poniendo un ojo en su nieta, ya que si ella la hubiese visto, ella hubiese visto la verdad de su paternidad en un vistazo.

Cuando Jaime había sido pequeño, vestido por su nana en sus zapatos de dos colores, con listones de satín en su pelo largo rizado, él había oído un argumento entre sus padres; los gritos, las cachetadas, los artículos de cristal rompiéndose. La amable voz del Señor Fuentes de Solis se levantó en tono en su última triunfante vez decir: "¡Puta!"

"¡Farsante sin pene!" Su madre contestó.

Hubo un silencio repentino y Jaime se asomó a la puerta abierta y vio una imagen que lo paralizó con terror en su pequeña almita. Su madre parada encima del cuerpo sin vida de su padre – la cara de ella desfigurada con alegría. Cuando ella vio que su más pequeño hijo estaba viéndola, ella sonrió y le hizo señas para que se acercara. Sus piernas aguadas como gelatina caminando sobre clavos de fierro, lo impulsaron más cerca.

"Mira bien," Gloria le dijo a su hijo, "Este hombre fue un pecador y ha pagado por sus pecados. ¿Ves que grandes fueron? Dios mismo lo ha castigado con violencia."

"¿Mamá, qué hizo mi papá?"

Ella empujó el pequeño cuerpo lejos de ella, rechazando el olor cerca de un niño con miedo. "Él era un hombre malo quien se escondió y me mintió. A mí. ¿Ves lo que te pasa, Jaime cuando me mientes?" Ella se agachó a susurrarle en su cara, con su aliento caliente y mojado. "Dios te aplastará muerto, así como lo hizo con tu papá."

Jaime con boca abierta y en desarreglo respiro miró a su padre, sin sentido por la embolia.

"¿Ves que pasa?" Ella le preguntó otra vez, y le dio la espalda a su hijo. Fue a llamar al doctor, cuando Jaime avanzaba su mano para tocar la cara de su padre. Sintió un minúsculo hormigueo de cabello y la piel de su brazo instantáneamente se le puso de gallina.

"¿Ves?" Su madre lo llamó desde el otro cuarto. Una mezcla de sentimientos le inundaban su cerebro: miedo a su madre, vergüenza y amor por su padre, y la inmensa necesidad de ser consolado.

Cuando su padre abrió los ojos repentinamente, Jaime Vásquez gritó con terror y corrió a esconderse entre dos grandes macetas que estaban en el patio más lejano. El fervientemente deseaba ser mágicamente invisible, ya que la muerte venía por él en este momento, ya que su madre de repente, se río a lo escandaloso de tal travesura.

Las pequeñas y sucias manitas agarraban su boca para que no se abriera, mientras que su desesperada respiración le mojaba sus palmas. Escuchó a los tacones golpear el mosaico del patio. Desde atrás de las macetas, Jaime observó a su madre agacharse y cuchichear algo a su padre, su voz una distante canción como letanía. "Y nadie jamás sabrá," ella dijo, parada y mirándolo con una sonrisa irónica. "Si tu vuelves a hablar otra vez, sí que será un milagro, un verdadero milagro, y yo me comeré mi propio hígado." Ella repentinamente les dio atención a las macetas. "Corre, Jaime, corre, antes que te maldiga por la negligencia de tu padre."

El jovencito pequeño así lo hizo, tan rápido como sus piernitas de tres años se lo permitieron.

Fin de la parte primera

188

www.ingramcontent.com/pod-product-compliance
Lightning Source LLC
Chambersburg PA
CBHW061231170626
46809CB00007B/2613